風雲時代

財神門徒

之9 傳奇教父

劉晉成 著

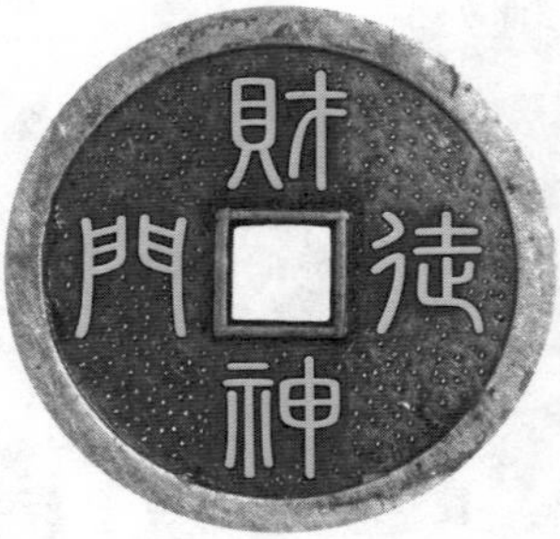
財
徒
神
門

目錄

第一章

神聖的一刻

林東見柳枝兒已經準備好迎接那神聖的一刻，
便溫柔的進入了她的身體。
霎時間，柳枝兒全身綳緊，幸福的淚水與落紅一起湧出。
她把完完整整的自己交給了心愛的男人，
這是一個女人最值得驕傲與幸福的事情。

第二天一早，林東的車在柳大海家的門口停了下來，柳大海拎著柳枝兒的行李走在最前面。

「大海叔，我來。」林東從柳大海的手裏把柳枝兒的行李接了過來，放進了後車箱裏。

柳大海像是嫁女兒似的，表情肅穆。沉聲道：「東子，枝兒我就託付給你了，一定替我照顧好她！」

林東點點頭，「大海叔，請你放心，我一定會照顧好枝兒的。」

柳大海把柳枝兒拉到面前，把女兒的手放到了林東的手中。這意思已經很明顯了，很明白的告訴林東。我的女兒是你的人了。

「枝兒，上車吧。」林東回頭對柳大海一家人道：「叔嬸，你們不要送了，放心吧。」

柳大海揮了揮手，孫桂芳已哭成了一個淚人兒，柳根子則是握緊母親的手，看著坐在車裏的姐姐。

柳枝兒望著車窗外的家，心中百味雜陳，說不出是什麼滋味。

也不知過了多久，當柳枝兒收回心神的時候，早已經出了柳林莊。

「東子哥，咱們這是到哪兒了？」柳枝兒問道。

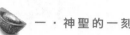

林東笑道：「枝兒，咱們已經出了大廟子鎮了，正在往縣城去的路上。」

看了看身後，已經看不到她熟悉的大廟子鎮了。柳枝兒身子靠在車座上，頭斜歪著，一直看著路旁的田野。

剛降了一場大雪。冰雪還未消融，路邊一望無際的麥田中皆是白茫茫一片。陽光照射在田野中的白雪上，折射出熠熠的光輝。

柳枝兒一路上話很少，直到出了山陰市，看不到家鄉的景色了，心裏對將要到達的陌生地方的期待多過了對家鄉的留戀，心情這才漸漸好轉。

「東子哥。他們那邊的話我會不會聽不懂啊？」柳枝兒好奇的問道。

林東笑道：「別說你了，我在蘇城那麼些年了，當地的方言我都聽不懂。其實聽不懂也無所謂。那邊外地人本來就很多，大家交流一般都是用普通話。」

柳枝兒道：「我聽說大城市的人會瞧不起外地人。也不知道是真是假。」

林東道：「這無所謂真假，你有能力，混得好，自然沒人瞧不起你。如果你爛泥一灘，就算是本地人，也會有人瞧不起你。」

柳枝兒道：「東子哥，我想好了，我沒什麼手藝，但是我有力氣，不怕苦不怕累，可以去飯店洗盤子端盤子。一個月至少能掙一千多塊呢，一半留著自己用，一半寄回家裏。」

林東笑道：「枝兒，你想的太簡單了，一千多塊，還不夠你的房租錢呢。」

柳枝兒面色黯淡了下來，「對哦，我還得租房子。」

林東道：「放心吧，你不用租房子的，我已經讓我的秘書去幫你買了，不過我不贊成你去飯店端盤子，那種事不是你該幹的。你別著急，到了那兒先好好玩玩，熟悉一下環境，工作的事情我來替你安排。」

柳枝兒搖搖頭，「我不能什麼事都靠你。我看電視上說了，現代都市裏的女人都很厲害，她們要出去工作，她們要升職，要和男人競爭，有自己的事業，那才是我嚮往的都市生活。」

林東笑問道：「枝兒，你也想做那樣的都市女精英？」

柳枝兒點點頭，「當然了，她們多厲害，是我的榜樣哩。」

林東心想可以先讓柳枝兒自己去折騰折騰，等她碰的壁多了，自然就知道了外面的不容易，那時候對他的安排應該就不會排斥了。

這時，周雲平打了電話過來。

「喂，小周，房子的事情怎麼樣了？」林東料想周雲平一定是打電話來說房子的事情的。

周雲平自從接到了林東交給他的這個任務之後，就馬不停蹄的看房子，終於在很多套滿意的房子中挑出了一套最滿意的，說道：

「林總，房子我選好了，在市區竹園路附近的春江花園，屬於高檔社區，戶型是七十八平米，豪華裝修，房主開價兩百萬。房齡不到五年，而且這房子一直都沒住過人，本來是打算給兒子結婚用的婚房，房主說後來覺得太小，就買了一套大的，這套就一直空在這兒。」

林東道：「行，你看行就行，你先把定金交了，那房子我要了。我下午兩點鐘能到溪州市，到時候我找你。」

周雲平得到了指示，掛斷了電話，那房主就在他身旁。

「怎麼樣，你老闆怎麼說？」房主急需用錢，所以這房子急著出手。

「李阿姨，我們老闆說了，太貴，而且你這房子的裝修現在都過時了，讓我問問能不能便宜些。」周雲平知道還有談價的空間，心想能省則省。

房主道：「小夥子，這附近的房價都是這樣，我並沒有賣貴了。不能少！」

周雲平道：「李阿姨，現在樓市不景氣，趁早出手，我就是做房地產的，國家的調控還會繼續，房價還要進一步走低，我看您還是趁早出手。這樣吧，你便宜二十萬，我們老闆說了，可以一次性付全款。」

周雲平最後一句話讓房主動了心，房主想了一會兒，道：「那就這樣吧，一百八十萬賣給你了，你說的，必須是一次性付清。」

周雲平笑道：「行，咱們現在先定個草約，我給三萬塊定金給你。等老闆回來後，馬上把剩下的錢給你。」

二人定下了草約，周雲平簽字並付了三萬塊定金，從房子裏出來之後就給林東發了條簡訊，簡明的說了一下談價的過程。林東見周雲平幫他省了二十萬，心裏也非常高興。

「枝兒，房子已經給你找好了，二室一廳，將近八十個平米，聽說裝修還不錯。」林東笑道。

柳枝兒問道：「東子哥，那房子得多少錢？」

「你問這幹嘛？」林東問道。

柳枝兒道：「我得記下來欠你多少錢。」

林東搖頭苦笑，「枝兒啊，你還真要學那些新時代女性啊？」

柳枝兒一臉認真的樣子，「是啊，有什麼不好嗎？我覺得只有自主的女人才有魅力，漂不漂亮倒無所謂。」

林東笑道：「好吧，我說不過你，等你哪天掙大錢了，再把房子還給我吧。」

柳枝兒道：「不行，等我掙了大錢，我買一套大房子給你！」

「好！枝兒，我等著。」

林東沒有告訴高倩他是今天回來，他打算把柳枝兒安頓好之後再回蘇城。

「枝兒，我在蘇城旁邊的溪州市有公司，我把房子買在了那兒，你以後就住在那兒，可以嗎？」

柳枝兒道：「好啊，有什麼不可以的。」

她心想不在蘇城最好，因為那樣她就碰不到高倩了，其實柳枝兒的心裏倒是很想會一會高倩，不為別的，就想知道到底是個什麼樣的女人分享了她心愛的男人的心。

下午兩點不到，他們就到了溪州市。柳枝兒的眼睛開始忙碌起來，車窗外的一切對她而言都是新鮮的，只覺兩隻眼睛根本不夠用。這座城市要比她想像的更繁華，山陰市與之比起來，就像是大廟子鎮和懷城縣的縣城相比。

林東給周雲平打了個電話，讓他到春江花園那邊等他。周雲平接到了老闆的電話，就立馬約了房主，說老闆過來了，讓房主過去見面。周雲平搶在林東前面到了春江花園，一直站在門口等候。

林東開車到了門口，放下車窗，「小周，上車。」

周雲平瞧見了他，跑過來上了車，「林總，房主在屋裏，我帶你過去。」

林東開車到春江花園社區內的一棟住宅樓下面停了下來，三人下了車。在車上的時候，周雲平已經對車內的這個陌生女人進行了一番評價，他一眼就看出來柳枝兒是從鄉下來的，但這並不妨礙他對柳枝兒的好感。這姑娘質樸純真，她身上有許多優點是在現在的都市人身上很難看到的。不過周雲平雖然對柳枝兒極有好感，但也知道這是老闆的女人，倒也並未產生非分之想。

周雲平在前面引路，眼前的這棟住宅樓只有六層，因為是高檔社區，卻也配備了電梯。三人乘電梯到了四樓，周雲平按響了一戶人家的門鈴，門立馬就開了。

「林總，這是房主李阿姨。」周雲平介紹道。

李阿姨笑道：「林先生，你看還要不要看看房子？」

林東搖搖頭，說道：「不必了李阿姨，這房子我沒意見。我把剩下的房款付給你，具體的轉戶手續由我的秘書跟您去辦。」

林東從懷中的錢包裏抽出一張金卡，遞給周雲平，「小周，密碼我會發給你，麻煩你了。」

周雲平雙手從老闆手中接過了卡，對李阿姨道：「李阿姨，那咱們就走吧。」

李阿姨笑道：「好，咱們走吧。」說完，把門的鑰匙遞給了林東，「這房子歸你了。」

周雲平帶著李阿姨走後，林東對柳枝兒道：「枝兒，你看看這兒的環境，怎麼樣，還喜歡嗎？」

柳枝兒轉身看了一圈，一臉的驚喜，「東子哥，我簡直太喜歡了，這裏比電視上那些還漂亮。」

林東摟著柳枝兒，柔聲道：「以後這兒也是你的家了。」

柳枝兒拉著林東在房子裏四處看了看，越看越是喜歡。等興頭過去之後，又覺得過意不去。這麼漂亮的房子，她一分錢沒出，全部是林東出錢買的，她心裏總覺得欠林東太多。

林東下樓把柳枝兒的行李從車裏全部拿了上來，等柳枝兒把行李都歸置好，並把房子徹底打掃了一遍之後。已經是下午五點多鐘了。二人中午就沒有吃東西，此刻肚子已經在咕咕直叫了。

「枝兒，我帶你出去吃東西吧。」林東道。

柳枝兒搖搖頭，「東子哥，今天也算是我的喬遷之喜，我想買點菜回來在家裏做給你吃。」

林東道：「也好，那咱們出去買菜吧。」

柳枝兒道：「你坐著，我自個兒出去買。」

林東笑問道：「你找得到哪裏有賣菜的嗎？」

柳枝兒笑道：「當然，剛才我們進來時。我留意到大門外面就有個大超市，我想那裏應該有賣的。」

林東道：「那好，我開了一天的車了，我先瞇會兒，你去吧，找不到路就站在原地別動，打電話給我，我去接你。」

柳枝兒點點頭，揣著一百塊錢出了門。

林東開了七八個小時的車，實在是有些睏倦。往沙發上一躺很快就睡著了。也不知過了多久，等他醒來之時，發現外面的天已經黑了，拿出手機一看，已經六點多了，而柳枝兒還沒回來！

柳枝兒初來乍到，以前從未離開過山陰市，一下子到了大地方難免會迷路。林東心慌了。深深的自責起來，若是柳枝兒有個三長兩短，恐怕自己一輩子也難心安。他在通訊錄裏找出柳枝兒的號碼。撥了過去，卻傳來提示他對方已關機的冰冷的聲音。

「枝兒，你可別千萬出事啊！」

林東從沙發上站了起來，就往門口走去，拉開門，跑到電梯那兒，電梯的門開了，柳枝兒從裏面走了出來。

「東子哥，你怎麼出來了？」柳枝兒不解的問道。

林東把柳枝兒拉進了屋裏，問道：「枝兒，你怎麼去了那麼久？打你電話關機，你知不知道嚇死我了。」

柳枝兒這才知道剛才林東是打算出去找她的，害得情郎擔心，她心中雖然覺得甜蜜，但也覺得十分的不好意思，說道：

「東子哥，這社區太大了，我好不容易才走出去，所以就回來晚了。我的手機太久沒充電了，沒電了，我也不知道。」

林東鬆了口氣，「沒事了，你回來就好了。」

柳枝兒見林東並沒有生氣，心情也放鬆了許多，揚高手裏的方便袋，笑道：「東子哥，你看我買了什麼回來？」

林東一看全部都是他喜歡吃的菜，心中一陣溫暖，笑道：「枝兒，我幫你一起做菜吧。」

柳枝兒道：「廚房不是你們男人該進的地方，就兩三個菜，我很快就做好了，你坐那看電視吧。」

林東想起要給家裏打電話報平安，說道：「枝兒，你爸媽囑咐你到了打電話回去的，打完電話再做菜吧。」

到了一個新地方，一直處於興奮之中，柳枝兒早把早上孫桂芳說的話拋到了九霄雲外，想到家裏的二老可能正在為她擔心，趕緊放下東西，拿著林東的手機給家裏打了個電話。

柳大海夫婦接到女兒的電話一直問個不停，一個電話足足講了二十分鐘。掛了電話，柳枝兒就把手機還給了林東，然後進廚房做菜去了。林東給家裏打了個電話，告訴父母已經平安到達。林家老倆口子倒是沒有柳大海夫婦那麼多的話要講，簡單的交代了幾句就掛了電話。

晚上將近八點，林東終於吃到了晚飯，餓了一天了，一頓可口的飯菜就是他目前最渴望的。柳枝兒看著情郎狼吞虎嚥的樣子，心裏十分的開心，一直不停的向林東的碗裏夾菜。

吃過了晚飯，柳枝兒主動的把碗筷洗了，這是她在家就養成的習慣。在廚房洗碗筷的時候，她的一顆心怦怦直跳，心想著今晚情郎會不會在這裏留宿，如果住在了這裏，會不會跟她睡在一起，如果睡在了一起，會不會……

心緒紛亂，柳枝兒心不在焉。一隻碗洗了又洗，等她將碗筷洗好的時候，正瞧見林東拿著衣服進了浴室洗澡。

「天吶，東子哥今晚就要睡在這裏了！」

柳枝兒的心跳得更加厲害，好像就要從胸膛裏跳出來似的，她的心裏既害怕又期待。

正當她不知所措的站在客廳裏的時候，聽到從浴室裏傳來林東的聲音。

「枝兒。我忘了拿剃鬚刀了，你在我的行李箱找一找，找到了拿進來給我。」

柳枝兒的兩隻手攥著衣角，不知如何是好。

「枝兒，你聽到了沒？」林東見柳枝兒久久沒有回應，再次出聲問道。

「噢，東子哥，我聽到了，馬上找。」柳枝兒邁開步子。進了房間，打開了林東的行李箱，找到了剃鬚刀，猶豫再三，心想小時候一到夏天，她和林東經常一起在雙妖河裏游泳，那時候他們都是光溜溜的，還有什麼是對方沒有看見過的。

想到這裏，柳枝兒吸了一口氣，鼓足了勇氣，拿著剃鬚刀拉開了浴室的門。浴室內水霧繚繞，她只能朦朧的看到林東健碩的體魄，根本看不清對方的臉。

林東伸出手，柳枝兒把剃鬚刀放到了他的手裏，然後就慌慌張張的從浴室裏出去了。

過了一會兒，林東洗好了澡從裏面走了出來，「枝兒，你也去洗洗吧。到了一個新地方，第一天一定要洗個澡，這叫做『洗塵』。」

柳枝兒道：「哦，那我一會兒就去洗。」

林東坐在客廳沙發上看電視。柳枝兒躊躇再三，進了房間拿了換穿的內衣進了浴室。等她從浴室裏出來。林東已經不在客廳了。她看到臥室的燈亮著，知道林東已經進了臥室。

到了這個時候，柳枝兒心裏倒是踏實了。她一直想的就是做林東的女人，眼下看來，她馬上就要得償所願了，這有什麼好害怕的呢。柳枝兒心裏這樣想著，繃緊的身軀放鬆了下來，邁著輕盈的步伐，進了臥室。

林東正躺在床上看書，柳枝兒掀開被子，鑽進了已被他捂熱的被窩裏，躺進了林東的懷裏。

剛沐浴過的她身上散發出一陣陣沐浴露的清香，溫熱柔軟的身子貼在林東的身上，正在不斷的發燥發熱。

「東子哥，你不要我嗎？」柳枝兒嬌軀繃的緊緊的，聲音卻是軟弱無力。

林東放下書本，俯下身子，看到柳枝兒紅透了的臉龐，積蓄了多日的衝動在那一刻如火山爆發一般，衝開了阻擋它的一切。

他俯身吻上了柳枝兒火熱的紅唇，在這方面毫無經驗的柳枝兒把他抱得緊緊的，因緊張而嬌軀不住的顫抖。林東則是溫柔的對待她，一步一步的使她放鬆下來，引領她體會男女之間的歡愉。

柳枝兒繃緊的嬌軀漸漸軟了下來，全身燥熱。她的身體早已成熟，哪裏經得起林東的挑逗，還沒正式開始，下面就已經氾濫成災，將床單都沾濕了。

在林東與之發生關係的幾個女人之中，要屬柳枝兒最為敏感。她雖一直生活在鄉下，但除了手上和臉上的皮膚不如她們幾個，身上的其他地方卻要比她們更為嬌嫩。

林東見柳枝兒已經準備好迎接那神聖的一刻，便溫柔的進入了她的身體。霎時間，柳枝兒全身繃緊，幸福的淚水與落紅一起湧出。她把完完整整的自己交給了心愛的男人，這是一個女人最值得驕傲與幸福的事情。

激情過後，柳枝兒躺在林東的胸膛上，二人的身體仍是滾熱的。

「東子哥，我有件事想和你說說。」柳枝兒柔聲道。

林東道：「枝兒，啥事你說吧。」

柳枝兒道：「我知道你夾在高倩和我中間很為難，其實你不用為難，我不會跟她爭什麼名分的，我只求能跟著你。」

林東撫摸著柳枝兒汗涔涔光滑的背脊，「枝兒，你越是這樣，我越是覺得對不起你。」

柳枝兒微微一笑，「東子哥，如果你真的覺得對不起我，那就讓我給你懷個娃娃吧。我不求名分，只想要一個屬於你我的孩子。」

林東深深呼出一口氣，「枝兒，我們會有孩子的。」

柳枝兒流下了幸福的淚水，溫熱的淚水滴在了林東的胸膛上，滲進了皮膚，流入了他的心中。他是多麼希望高倩能夠接受柳枝兒，雖然他覺得這幾乎是不可能的事情。

「枝兒，明天我回蘇城一趟，就不能陪你了。」

柳枝兒道：「你忙去吧，我自己能照顧自己，公司的事情要緊。」

二人相擁入眠。

第二天早上，柳枝兒早早就起來為林東準備好了早餐，早飯做好，林東也剛好起床了。

「東子哥，快來吃早飯了。」

林東穿好衣服走出臥室，看到桌上的湯麵，面露微笑，還是柳枝兒最瞭解他，知道他最愛吃什麼。

吃過了早飯，林東留下了幾千塊錢的現金和一張可透支十萬的信用卡，「枝兒，這些是給你用的，密碼我改過了，是你的生日。」

柳枝兒道：「東子哥，我要儘快找到工作掙錢，不能老靠你養我。」

林東笑道：「別急，你先熟悉熟悉一下。我走了，有什麼事情就打我電話。」

柳枝兒把林東送到樓下，依依不捨的送別了情郎。

林東開車直奔蘇城去了，到了之後才給高倩打了電話。

高倩此時正在蘇城，接到林東的電話，以為是告訴她什麼時候回來的，「親愛的，什麼時候回來啊？」

林東笑道：「倩，你想我什麼時候回來？」

高倩笑道：「嗯……我想你現在就到我身邊！」

林東笑道：「那你告訴我你在哪兒。」

「哦，我在外面閒逛呢。」高倩道。

林東道：「別逛了，去我家等我吧，我半個小時後就到。」

「啊，壞傢伙，你回來怎麼不提前告訴我？」高倩正在商場裏，聽了這話，馬上轉身往外走。

林東笑道：「哈哈，驚喜吧？」

高倩道：「好了，不說了，你開車注意安全，我現在就去你家。」

雖只有十來天未見，但彼此都很思念對方，高倩更是如此，到了車庫，馬上就開車奔向了林東家裏。

林東心中湧起一陣愧疚之感，高倩全心全意對他，而他的心裏卻同時裝著幾個女人，真是有愧於她。

第二章

能夠拯救自己的只有自己

林東不是不想為這兩個可憐的孩子出頭，
他當然可以出手阻止金河谷，甚至可以狠狠的痛扁金河谷一頓。
但他知道那只能救他們一次。
他要小美勇敢起來，他要從精神上醫治小美這種面對強勢軟弱的心態，
因為，能夠徹底拯救自己的，從來都不是別人，只有她自己！

林東開車進了社區，還沒下車就看到了站在樓底下等他的高倩。下了車，高倩就撲進了林東的懷裏，二人在社區的樓下就擁吻纏綿在了一起。激吻久久，二人方才分開。

高倩看了一眼林東的車，看到髒兮兮滿是爛泥的車身，直搖頭，「天啊，一輛嶄新的車讓你開回去就變成這樣了！」

林東笑道：「鄉下比不了城裏，我們那兒都是土路，遇上雨雪天氣，路上當然是泥濘不堪了。倩，走吧，上樓去。」

林東拉著高倩的手上了樓，剛進了房中，高倩就勾住了林東的脖子，雙目火熱的看著林東。林東體內也升起了一團烈火，將高倩攔腰抱進了房裏。一點就著，霎時間春光滿室。

激情過後，高倩滿足的躺在林東的懷裏，跟林東講起去日本北海道遊玩的經歷，談起日本的風土人情以及當地的美食，推崇不已。林東對日本這個國家毫無好感，也沒聽進去高倩說什麼。

「倩，東華那邊你去過沒有？」林東問道。

高倩道：「去過了，唉，是個爛攤子，原來打理一個公司這麼難。」

高倩本性好玩，其實是最沒耐性打理公司的，但高紅軍這幾年來有退隱之意，家裏的生意遲早要交給獨女高倩來打理，為了高倩儘快能獨當一面，挑起高家的大樑，高紅軍才將萬源的東華娛樂公司買了下來，希望高倩能在逆境中儘快成長起來。

林東笑道：「世上沒有什麼簡單的事情，現在你覺得難，是你還沒有真正用心。我的倩兒那麼聰明，只要肯花時間動心思，我想肯定能夠打理好公司的。」

高倩道：「是啊，我爸也是那麼說。我總覺得他是在考驗我。」

林東問道：「此話怎講？」

高倩道：「他買下東華娛樂公司之前都沒跟我說一聲，當我從日本回到家的時候。他就直接告訴我東華娛樂公司是我的了，讓我去打理，還給了我一筆很大的啟動資金。」

林東差不多猜到了高紅軍的用心，笑道：「五爺用心良苦，你是他的獨女，你們家那麼大的攤子遲早要由你來承擔，所以必須讓你儘快成長起來。把你鍛煉成有能力接管家族生意的女強人。」

高倩道：「我也是那麼想的，不過我對做生意的興趣不大。如果不是為了不讓我爸傷心，我早就甩手不幹了。我就辛苦幾年吧，等我們結婚之後，有了小孩，我就全心全意在家相夫教子，我家的家業也就是你的，到時候我跟我爸說說。讓你打理。」

林東道：「別！咱倆還是各幹各的，不然別人會說我閒話的。」

高倩笑了一聲，「切！林董事長，你是上市公司的大股東，家大業大，咱們這是強強聯合，誰會說閒話。」

林東道：「到時候再說吧。下午我得去公司一趟，離開那麼久了，怪想大家的。」

二人睡了一會兒，醒來後一起開車出去吃了午飯。午飯過後，高倩回家去了，林東則開車去了建金大廈。

金鼎投資公司是今天才上的班，林東進了公司之後，見到每個人都紅光滿面的，看來過年這些天吃的都很不錯。

他進來辦公室，劉大頭三人和穆倩紅就進了他的辦公室。

「各位，新年好啊！」

穆倩紅四人也紛紛向林東問好。

崔廣才道：「林總。幸虧你讓空倉過年，才讓咱們逃過一劫。誰也沒想到竟然會在春節期間弄出這事。」

林東在家上網，從網上看到了消息。知道崔廣才指的是什麼事情。春節期間，國內多家知名的白酒企業被爆出塑化劑嚴重超標。讓去年一路高漲的白酒股板塊市值在短時間內縮水了四五百億。

塑化劑對人體有害，出了這事之後，這原本應該是旺季的白酒廠紛紛關門整頓，許多為了應付年關囤積了許多白酒的商家都急得想跳樓，消費者對於白酒的冷淡超乎了他們的想像。那些流動資金多的白酒企業還能勉強撐一段時間，有些流動資金不足的白酒企業已經到了瀕臨倒閉的邊緣。

春節前，金鼎公司所有產品都重倉持有了白酒股，當時林東下令全部清倉的時候，崔廣才和劉大頭真的是痛心不已，眼看那些漲勢極好的白酒股也被拋了，他們是真的認為林東做的太極端了，認為應該區別對待，不該全部清倉。而僅僅幾天之後，白酒塑化劑超標的事情一出，崔廣才和劉大頭就不得不佩服林東的判斷能力了。

劉大頭笑道：「唉，白酒出了這事也好，現在的酒多貴啊。往年走親戚拜年都是要帶著酒的，今年倒好，白酒一出事，大家都不用送酒了，倒是給我省了一筆不少的支出。」

林東笑道：「哎呀，大頭這麼說真的是讓我很難過啊，看來大頭對現在的工資福利還不滿意，不然也不至於買幾瓶酒就心疼。」

劉大頭知道林東開他玩笑，也不生氣，哈哈笑道：「是啊，我們都等著老闆漲工資呢。」

「工資多少都是看你們的業績的，同志們，在過去的一年裏，咱們金鼎投資創造了業內無與倫比的神話。在如今股市低迷的大環境下，咱們能做出如此成績，不僅給客戶帶來了豐厚的彙報，也使咱們自己的腰包鼓了起來，同時也震懾了對手！在新的一年裏，我希望大家同心協力，再創佳績，延續輝煌！」

這一番話講的劉大頭幾人熱血沸騰。

林東從口袋裏掏出一張紙，上面寫滿了股票代碼，遞到了劉大頭手中，「大頭，這些股票你們去研究一下，就在其中選新年建倉的票。」

劉大頭和崔廣才拿著紙條出去了。

紀建明道：「林總，我們情報收集科的同事我已經全部派出去搜集情報去了。大家真是辛苦，有的為了調研某家上市公司，竟然主動要求前赴西疆。」

林東道：「大家工作認真是好事，但別跑太遠了，尤其是有危險的地區。西疆不安全，趕緊把去那邊的同事召回來。」

紀建明點點頭，「那我出去做事了。」

辦公室內只剩下穆倩紅和林東兩人。

穆倩紅剛才很少說話，如今其他人都走了，她才有機會跟老闆好好聊聊，說道：「林總，原本打算年前就去京城陸總的公司考察學習的，後來因為時間的原因你押後了，我想向林總您請示一下，是否近期前往？」

林東道：「嗯，公司管理的資產越來越多，可咱們的規模還是和公司初創的時候沒什麼兩樣，我們有必要到成熟的同行那裏去看一看，取經學習一番。倩紅，你今早安排吧，到時候公司的領導層我全部會帶過去。」

穆倩紅點點頭，「嗯，那我現在就去做準備。」

穆倩紅起身欲要離開，被林東叫住了。

「倩紅，別急著走，我有件事要問你。」林東笑道。

穆倩紅沒想到老闆在春節後第一天上班就有事情問她，心中很是好奇，「林總，您要問什麼？」

林東道：「我記得你跟我說過喜歡當兵的男人，我沒記錯吧？」

穆倩紅道：「你沒記錯，我爸就是當兵的，所以我特別喜歡當兵的男生，怎麼了？」

「那當員警的呢？」林東問道。

穆倩紅道：「湊合吧，你不會是想給我介紹對象吧？」

林東笑道：「還真讓你猜著了，對方是我大學時候的校友，現在在溪州市市公安局工作，刑偵隊的，長得高大陽光，應該符合你的審美標準。就是一點，掙的沒你多，工作比較辛苦。你願不願意見見？倩紅，你要是不願意見就算了，千萬別不好意思拒絕我。」

穆倩紅道：「為什麼不見？這次回家過年，我爸媽整天都在跟我嘮叨找對象的事情，眼前有這個機會，當然要見。」

林東要給陶大偉介紹對象，陶大偉過年打電話給他的時候提起了這事，林東第一反應就想到了穆倩紅，覺得穆倩紅特別適合陶大偉，於是就有意撮合。

「太好了，倩紅，你算是幫了我大忙了。」

林東笑道，「見一面如果覺得還不錯你們就接著交往。如果感覺不對胃口，那你告訴我，我就讓那小子斷了念想。」

穆倩紅點點頭，「那好，時間你來安排吧。」

林東笑道：「時間得看那傢伙什麼時候有空，他經常沒日沒夜的辦案。」

穆倩紅出了林東的辦公室，走到外面，臉上的笑容就消失了。剛才她很想告訴林東，她喜歡的就是他！可她知道跟林東談戀愛是沒有結果的，林東有個漂亮大方而且家庭背景極大的女友，那是她不能比的。穆倩紅不願委屈自己做小三，所以只能把對林東的愛放在心底。現在她的要求就是找個踏實可靠的男人，掙錢多少無所謂，因為她的收入足夠支撐一個家庭的開銷了。

下午三點鐘左右，秦大媽到了公司，這次她沒有直接去打掃衛生，而是敲門進了林東的辦公室。

「秦大媽，快請坐！」

林東見秦大媽進了他的辦公室，趕忙起身過去把秦大媽扶到沙發上。

秦大媽手裏拎著一個布袋子，還有一個鼓鼓囊囊的牛皮紙袋子。她把布袋子送到林東手裏，說道：「林總，這是我家鄉的乾果，是我帶來送給你吃的，請收下吧。」

林東笑道：「秦大媽，別人叫我林總也就罷了，你千萬不要那麼叫，還是叫我小林或者渾小子吧，那樣聽著多親切。」

自從林東把秦大媽安排到金鼎公司做打掃之後，她就漸漸推掉了其他工作，因為金鼎給她開的工資足夠她養活一家子的人了。公司裏所有員工都稱呼林東為林總，秦大媽心想她也不能例外，在公司的時候應該叫林東為林總，於是便悄悄的改了口，哪知道第一次這麼叫就讓林東發現了異常。

「哎呀，大夥都是那麼叫的，大媽也不能搞特殊嘛。」秦大媽笑著說道。

林東從布袋子裏舀了個乾果出來，當著秦大媽的面吃了，不住的點頭讚歎，「秦大媽，你家鄉的東西真的是非常不錯啊。」

這時，秦大媽說道：「渾小子，過年前公司是不是發錯錢了？」

林東問道：「秦大媽，你什麼意思，公司少發工資給你了嗎？」

秦大媽笑著搖頭，把手裏的牛皮紙袋子打了開來，裏面全是百元大鈔，看上去有好幾萬塊，「不是少發了，是多發了五萬塊！哎呀，這事鬧得我過年的時候心裏都不安，你看要是多發給了我，必然就有人少發了，少發的人該多著急啊，畢竟是那麼大一筆錢啊。」

林東笑道：「秦大媽，不是多發給你的，這是公司全體員工都有的，是年底的獎金。」

「獎金？」秦大媽笑道：「你就別開你大媽玩笑了，我一個掃地的發什麼獎金？」

林東摟著秦大媽，「大媽，只要是我們公司的員工就有年終獎金，那我問你。你是咱們金鼎投資公司的一員嗎？」

秦大媽點點頭，「是啊，我當然是了。」

林東道：「那你趕緊就把心收回肚子裏，這五萬塊錢就是你的獎金。好了，那麼多現金帶在身上不安全，我讓小楊帶你去樓下的銀行存起來。」

秦大媽終於接受了這筆錢，但心中仍覺得有些過意不去，這五萬塊的獎金，夠請兩個清潔工一年的工資了。她知道作為一個清潔人員，對金鼎公司的貢獻遠遠值不了這五萬塊錢，更何況還有那平時每月三千塊的工資和各項福利。

林東這孩子仁義，秦大媽在心裏暗道，這孩子知道她家裏的情況，知道她家日子過得困難，有個生病的老伴和一個上學的孫女，最要命的還有個好賭成性的兒子，一家人全靠她一個老媽子在外面掙錢養活，所以林東才會有意幫她。

秦大媽想起當初在大豐新村那個小院的日子，那時候林東還租著三百塊錢一個月的小平房。常常是吃了上頓兒沒下頓兒，那會兒她看這孩子活得不容易，於是便經常多做些飯菜叫他過去吃。如果沒有當初的好心，她想林東在成功之後也不會那麼照顧她。老話說的對，但行好事，莫問前程。好人終究是會有好報的。

林東把楊敏叫了進來，笑道：「小楊，你帶秦大媽去銀行把錢存進卡裏。」

楊敏上前扶住秦大媽的胳膊。笑道：「大媽，我們走吧。」

秦大媽在楊敏的攙扶下離開了公司，不時的回頭看林東兩眼。眼噙淚花。

金鼎公司運行的井條有序，無需林東在上面多花工夫。在辦公室裏坐了半天，將未來一個月的工作佈置了下去，等到下班時間到了，他就開車離開了公司。到了車庫看到那輛被他糟蹋的髒兮兮的賓士，實在是看不過去了，於是就開車去了洗車店，打算給愛車做一個全身美容。

公司附近就有一家洗車店，那是他經常去的，與那兒的老闆和員工還算熟絡。到了那兒，負責洗車的小弟走了過來，瞧瞧林東的豪車，不住的搖頭，「哎呀林老闆，這車跟著你真是受苦了。」

林東哈哈笑道：「是啊，小七，車就交給你了，儘快幫我洗乾淨，我待會還要用。」

這個洗車行的工頭叫老大，剩下的按資排輩，給林東洗車的這個叫小七，是整個洗車店年紀最小的，也是從外地進城打工的，林東見他做事認真勤快，於是每次來都找他，這樣對他的業績也是有幫助的。

小七笑道：「多謝林老闆照顧，車就交給我了，包您滿意。您去休息廳坐會兒，洗好了我叫你。」

林東點點頭，把鑰匙丟給了小七，進了休息廳。這家洗車店的休息廳做的相當豪華，當然他們家的洗車費也要比一般的店要貴很多。林東進去之後，室內溫暖如春，立馬就覺得身上的衣服穿得實在太多了。

他剛在沙發上坐下，就有身穿高開叉旗袍的女郎送來了茶水和瓜果。

「先生請慢用。」女郎的聲音十分甜美。

林東看了一下這許久未來的休息廳，過年了，這裏掛滿了大紅燈籠，佈置的一派喜慶。

他喝了一會茶，這時，兜裏的手機響了，一看號碼，是陳美玉打來的。

「陳總，新年好啊。」電話接通之後，林東笑道。

陳美玉笑道：「林總，是否回來了？」

林東道：「嗯，今天剛到的蘇城，怎麼了，有事嗎？」

陳美玉道：「過完了年，冬天很快就要過去了，萬物復甦，春天就要來了，我去年跟你說的那個夜總會的專案也快要動土了。」

林東想起當初陳美玉帶他去郊外看的那塊地，位置十分不錯，笑道：「好啊，資金我準備好了，我打到你賬上，一切都交由你處理。」

陳美玉笑道：「哦，林總就那麼信任我嗎？」

林東微微一笑，說道：「陳總雖是女兒家，但卻是巾幗不讓鬚眉的女豪傑，有什麼不值得我信任的？難道我還害怕你為了區區的一千萬而傷害了咱們之間的友誼？」

陳美玉不免在心中讚歎林東的魄力，去年她找林東談這個專案讓他出資的時候，這小子只有幾百萬的身家，沒想到這才過了幾個月，他搖身一變就成了上市公司的老總，名下的投資更是厲害，簡直就是一座金礦，讓他賺的盆滿缽滿。

陳美玉道：「林總快人快語，與你合作真的是太愉快了。好了，我就不打擾你了，等過些日子我親自拜訪你。」

林東笑道：「那好，咱們就見面再談。」

掛了電話，林東閉上眼睛休息了一會兒。旁邊的女郎看他似乎有些疲憊，就走到林東身後，為他的頭部和肩部做按摩。這女郎是經過專業培訓過的，手法十分的巧妙，令林東消除了一身的疲勞。

閉上眼睛，全身心的放鬆下來，過了不知多久，竟然睡著了，直到洗車的小弟小七進來叫他。

「林老闆，你的車洗好了。」

林東睜開眼睛，從錢包裏掏出幾百塊錢，給了那為他按摩的女郎，然後接過小七手裏的鑰匙，剛準備開車走人。休息室的門口忽然出現了一個熟悉的身影，金河谷進來了！

金河谷見到林東，也很驚訝，臉上的肌肉一陣抽搐，拳頭握得緊緊的。過年前在相約酒吧的門口，他眼看就要把蕭蓉蓉占為己有了，哪知這小子喝得醉醺醺的，上來就破壞了他的好事，不僅讓他沒能佔有蕭蓉蓉，反而臉上被林東踹了一腳，令他當場昏厥。

此仇不報誓不為人！

金河谷被送進了醫院，出院以後他就召集了人馬，打算狠狠的教訓林東一次，可他四處搜尋，遍尋不得，後來才知道林東已經回老家過年了，氣得他愣是三天沒吃下飯。

這個洗車店是金河谷朋友開的，若不是為了給朋友面子，金河谷真想立馬撲上去狠狠的揍林東一頓。

他壓住火氣，聲音不陰不陽，「林東，怎麼我一來你就要走啊，你那麼怕我嗎？」

林東反而不急著走了，往沙發上一坐，「呵呵，金大少啊，真是巧啊。金大少有何吩咐？沒什麼事情的話我就要走了，在下俗務纏身，不比金大少活得那麼輕鬆。」

金河谷見林東身邊的女郎手裏還捏著林東給的小費，招了招手，對那女郎說道：「小美，你過來。」

小美知道金河谷是老闆的朋友，不敢得罪，但見他面色陰沉，心裏害怕，卻不得不去，走到金河谷身邊，十分緊張的問道：「老闆有什麼吩咐？」

金河谷臉色浮現出一絲淫笑，探手伸進了小美的旗袍內，在小美的大腿處不斷的撫摸。小美不敢得罪她，卻也受不得如此侮辱，淚水當場就流了下來。

「林東，你剛才不是剛享受過這妞的服務嗎？你給了那麼多的小費，看來這妞不錯啊，就讓老子也來享受享受。」

洗車店的小七與小美是同鄉，兩人早已在暗中交往了很久，小七看到金河谷如此輕薄女友，一股子血沖上腦門。

「畜生，放開她！」

小七單薄的身軀氣得全身發抖，拳頭捏緊，就要衝上去揍人。

金河谷朝他瞪了一眼，「小雜毛，憑你也要來英雄救美？也不掂量掂量自己幾斤幾兩。」

小七怒吼一聲，此刻熱血上腦，他什麼也不管不顧，衝過來就朝金河谷擊出一拳。金河谷並未將他放在眼裏，下手又狠又毒，抬腳猛地往小七的腹部踹去。小七根本毫無打架的經驗，前面空門大開，他來不及防備，也不想防備，只想一拳把眼前這個可惡的有錢人撂倒。

砰！

小七的拳頭還未打到金河谷，肚子上卻已結結實實的挨了金河谷一腳，整個人倒飛了出去，頭磕到了身後的茶几，立馬就流了血。

「小七！」小美見情郎受傷，想要過去看看他，卻被金河谷死死攥住了手臂。

金河谷嘿嘿直笑，變本加厲，一隻惡手隔著內褲摳弄著小美的私處。他冷冷地盯著林東，心想你不是愛路見不平拔刀相助嘛，我倒是看你能鎮定多久。

這次他不是單獨來的，正好外面還有幾個跟著他混的小混混，只要林東率先動手，他一聲令下，外面的小弟衝進來，諒他林東雙拳難敵四手。到時候他也不怕朋友責怪，畢竟是林東先動的手，他有理由為自己辯解。

林東喝了口茶，他對金河谷射來的目光視若無睹，只是看著在金河谷手中淒慘垂淚的小美，說道：

「小美，我問你，你到底在害怕什麼？這個男人毆打了為你出頭的同事，還那麼的侮辱你，你為什麼不敢反抗？難道就是因為他有錢，就是因為他是店裏的顧客？他是人。你也是人！為什麼你就不能奮起反抗！你是在害怕丟掉這份工作嗎？

我真不明白這份工作有什麼值得你這麼難以捨棄的！」

這時，洗車店的其他洗車工都圍了過來，雖然個個都憤憤不平，但卻一個個忍氣吞聲，沒有一個敢為小美和小七兩位同事出頭的。

「你們的老闆不保護你們，你們的同事也只是敢怒不敢言，這樣的工作你要來有什麼用？小美！你青春年少。難道還怕找不到一份比這兒更好的工作嗎？記住，你是人。要做一個有骨氣的人！面對壓迫，你要奮起反抗，面對強暴，你要寧死不從！」

洗車店的工人們一個個義憤填膺，但卻仍是沒有一人敢站出來為小美和小七兩人說句話的。

林東不是不想為這兩個可憐的孩子出頭，他當然可以出手阻止金河谷，甚至可以狠狠的痛扁金河谷一頓。但他知道那只能救他們一次。他要小美勇敢起來，他要從精神上醫治小美這種面對強勢軟弱的心態，因為，能夠徹底拯救自己的，從來都不是別人，只有她自己！

小美淚眼看著面前茶几上茶壺裏的熱茶，金河谷仍在恣意的輕薄她，耳邊不斷的傳來金河谷的淫笑，而心中卻是不斷的迴盪著林東剛才的那一番話。

「反抗、反抗……我要反抗！」

漸漸的，小美的心裏只有一個聲音——反抗！

她彎腰抓起了茶几上的茶壺，把裏面的熱水朝金河谷的臉上潑了過去。

「啊——」

金河谷未料到這個打工妹真的敢對他怎麼樣。等到熱水燙到他的臉的時候，他才意識到自己錯得是多麼離譜。狗急了還會跳牆，何況人呢！小美從金河谷的手裏掙脫了出來，順手拿起茶几上的煙灰缸在金河谷的手上猛砸了一下，痛得金河谷嚎叫不止。

金河谷怒極，吼道：「弟兄們，給我進來打死這個臭娘們！」

金河谷在外面的小弟聽到了老大召喚的聲音，紛紛扔了煙頭。朝休息廳的門口走來。小美撲在小七的身上，她知道今天在劫難逃，除非她死了，否則她是不會讓任何人再傷害她的情郎的。

這時，變相突生！

一直在門口圍觀的洗車店工人們被小美勇於反抗強暴的壯舉感染了。一個個熱血沸騰，操著扳手之類的傢伙攔在門口，不讓金河谷的人進去。

「誰他媽敢進去，老子就要他頭破血流！」工人中年紀最大的那個指著面前的小混混們道。

「你們還不進來！」金河谷又吼了一句，他被熱茶燙了臉，眼睛根本睜不開，已經失去了戰鬥力。在敵人面前失去了光明，金河谷的心裏害怕極了，別說戰鬥力在他之上的林東，就算是柔弱的小美也令他感到恐懼。

金河谷的一個手下往前跨了一步，想要在老闆面前立功，心想說不定會得到老闆大把鈔票的賞賜。誰知道還沒到門口，臉上就挨了一扳手，頓時嘴裏就甩出了兩顆牙，血流不止。

這下金河谷的幾個手下全部懵了，這群平時看上去最好欺負的工人是真敢打人啊，他們憤怒的表情竟是那麼的令人膽寒恐怖，簡直就像是要吃人一般。金河谷的小弟們個個腿肚子發抖，也不知誰第一個溜了，剩下的幾人也跟著跑走了。此地不宜久留，弄不好是要挨扳手的。

「人呢？都他媽死哪兒去了，進來啊！」

金河谷叫天天不應叫地地不靈，這下是真的慌了。

林東道：「金河谷，你的手下拋棄你了，一個個落荒而逃。狼狽，真是狼狽啊。」

林東起身朝門口走去。

又一次敗給他了，金河谷心中不甘，恨不得將林東碎屍萬段。但這一次他卻輸得如此徹底，姓林的連一根手指都沒動就打敗了他。金河谷深受打擊，跪在地上，緊閉的眼皮中流下了滿含仇恨與不甘的淚水。

「林東，老子要殺了你，殺了你……」

金河谷跪在地上大吼，狀若瘋魔。

小美扶起小七，兩個人回到宿舍，收拾了東西就走了。得罪了金河谷這種有錢有勢的惡人，他們是不敢再在蘇城待下去了，兩個人決定去省城投靠親戚，在那裏另找一份工作。

過了不久，洗車店的老闆鄧運成聞訊趕來，看到倒在沙發上的金河谷。

「金大少，你這是怎麼了？」鄧運成看到金河谷紅腫的臉，心中不禁害怕起來。金家財雄勢大，金河谷是在他的店裏出的事，他真害怕金河谷把這筆賬算在他的頭上。

金河谷的眼睛已經可以睜開了，好在視力並沒有受損。

「鄧老闆，把你們店裏的小七和小美給我抓過來！」金河谷冷冷道。

鄧運成道：「金大少，是他們得罪您了？」

金河谷默然不語，只是眼神憤怒的嚇人。鄧運成找了個工人問明了情況，才知道不久前這裏發生了什麼。

「你們去把小美和小七叫到這裏來。」鄧運成吩咐手下的工人，卻沒一個人理他，氣得他真想把這幫人全部都開除了，但他又不敢，開除了這幫人，洗車店就該關門了。

鄧運成硬著頭皮回到了休息室，「金大少，他們已經跑了，不知所蹤。」

金河谷暴跳如雷，一腳踢翻了茶几，「難道我金河谷就白白被那臭娘們打一頓嗎？鄧運成，你的店還想不想開了？」

鄧運成趕緊賠不是，「金大少息怒，您的醫藥費我全包了，以後洗車全部免費。」

金河谷道：「我身心受損，是你店裏人幹的事情，賠我十萬塊了事，否則叫你的店開不下去。」

金河谷簡直與強盜無異，趁火打劫，竟然獅子大開口要十萬塊！鄧運成唉聲歎氣，只是搖頭，他竟然交了這麼個朋友，心想賠就賠吧，日後跟金河谷劃清界限，再不敢招惹他了。

「金大少，錢我賠，老鄧我認栽。」

林東開車從洗車店出來，心中出了一口惡氣，看到金河谷自作自受，真的是很開心。

路過相約酒吧的時候，想起了過年回家前在這裏發生的事情，一切都歷歷在目，最清楚的是蕭蓉蓉含淚推開車門奔走的那一幕，他這些日子不時的會想起蕭蓉蓉，心中愧疚萬分。

若是再一次見到蕭蓉蓉，他一定會跟她說一聲「對不起」。

夜幕初上，他再一次回到了繁華的都市。他早已習慣了這種生活，忙碌而充實。

高倩在酒店裏訂了位置，林東趕到時，她已經到了。

「喲，小夏也來了。」林東見到郁小夏坐在高倩的身旁，微微有些驚詫，心想肯定是郁小夏死皮賴臉要來的，否則高倩是不會帶她過來破壞他們的二人世界的。

郁小夏冷冷道：「林東，我跟你很熟嗎？小夏不是你叫的，請在前面加上我的姓氏。」

林東早已習慣郁小夏對他的冷漠態度，微微一笑，「倩，你們點菜吧，我吃什麼都行。」

郁小夏翻著菜單，翻了翻眼皮看了林東一眼，「本來就沒打算讓你點。」

林東看了看高倩，高倩也是一臉的無賴。

「我到底是哪裏得罪了這小姑奶奶了？」林東撓了撓頭，心中百思不解。

本來是打算和高倩敘敘相思之情的，但郁小夏一直拉著高倩閒聊，林東一句話也插不進去，只能埋頭吃菜。

晚飯過後，高倩就被郁小夏拉走了。高倩原本沒打算喊郁小夏一起吃飯，只是在她出門的時候郁小夏到了她家，正好讓她知道了好友要去跟男友吃飯，於是二話不說，纏著高倩帶她一起。

高倩一直將郁小夏當做親妹妹般對待，對她很是寵愛，也不忍拒絕，於是就帶著郁小夏來到了酒店。原本高倩是打算吃完晚飯跟著林東到他家去的，二人許久未見，是需要時間溫存的，但郁小夏跟了過來，她也就知道今晚是沒機會和愛人溫存了。

林東在蘇城無事，高倩又被郁小夏拉走了，於是就開車去了溪州市，反正路不是太遠，一個小時就到了春江花園。

柳枝兒聽到敲門聲，走到門口拉開了房門，看到林東來了，她萬萬沒有想到情郎早上走晚上就回來了。

「東子哥，你怎麼回來了？」柳枝兒又驚又喜。

林東笑道：「枝兒，怎麼看上去你有些不歡迎我啊？」

柳枝兒連連搖頭，說道：「你來了我高興都來不及，怎麼會不歡迎呢？」柳枝兒側身讓林東進了屋內，立馬幫林東脫去了外套。

林東往沙發上一坐，「枝兒，你過來，我有東西送給你。」

柳枝兒坐到林東身邊，問道：「東子哥，是什麼東西啊？」

林東笑道：「枝兒，你還記得我媽以前手上的那個玉鐲子嗎？」

柳枝兒點點頭，「當然記得，當時大媽還說等我嫁給你的時候把那個鐲子傳給我的呢。」說完，臉色暗淡下來，她想這輩子都不可能嫁給這個她深愛的男人了。

林東把手裏的木櫝子交給柳枝兒，笑道：「枝兒，你打開看看。」

柳枝兒不知道木櫝子裏裝的是什麼，十分好奇，迫不及待的將其打開了，木櫝子裏靜靜的躺著一個玉鐲子，泛著冷冷的光華。

「好漂亮……」

柳枝兒一下子就被這只玉鐲子吸引了，目光一刻也不肯離開。

「喜歡嗎？」林東摟著柳枝兒道。

柳枝兒「嗯」了一聲，她讀書不多，不知道用什麼華麗的辭藻來表達對這只鐲子的喜愛，從她的表情和目光裏可以看得出她對這只鐲子的喜愛已經到了無以復加的地步。

她知道林東送這只鐲子給她的意義，感動得淚水都流了出來。

「枝兒，不管以後我能不能明媒正娶的讓你做我的女人，但是在我心裏，你已經是我林東的太太了。」林東深情的說道。

柳枝兒的淚水如決堤的洪水一般，一發不可收拾，撲在林東的懷裏嚎啕大哭。這一哭，過去所受的所有委屈都將不復存在。

過了許久柳枝兒止住了哭聲，林東親手為她把玉鐲子戴到了手腕上。此刻，柳枝兒感到了無與倫比的幸福。

上床之後，兩人又是一番折騰。柳枝兒初嘗男女之愛，當真是又羞又盼，自從被林東破了身，她才嘗到了做女人美妙的滋味。

第三章 堅強女人心

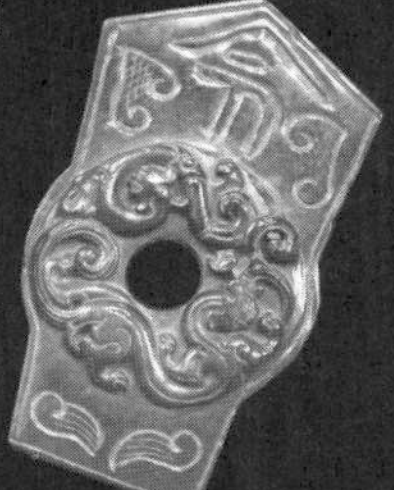

柳枝兒的自尊心飽受打擊，心裏難過的險些當場就哭了出來，
但是她忍住了，其他人越是那麼看她，她就越要堅強給她們看。
所有人三五成群竊竊私語討論這個不知從哪裏來的怪物，
柳枝兒則孤獨的立在人群之中，任憑耳邊的恥笑她的聲音如潮水般湧入耳中，
她就如一尊石像一般，立在那兒一動不動！

第二天早上，林東一早就去了亨通地產。

周雲平知道他回來了，早已將辦公室仔仔細細的打掃得一塵不染。

「老闆，請喝茶。」

林東剛坐下，周雲平就送來了茶水，然後遞上了林東前天給他的那張金卡，

「房子的事情我已經辦妥了。」

林東道：「你去召集一下各部門領導，我和大家見個面。」

周雲平點點頭，出去了。過了不久，亨通地產下面的幾大部門的部門主管就都出現在了會議室裏。

周雲平進來通知了林東：「林總，各部門主管都已在會議室等候。」

林東起身朝會議室走去，進門之後，任高凱率先站了起來，接著其他幾個部門的領導也都站了起來。

「林總，新年好。」

「林總，新年好。」

……

各部門主管紛紛向林東問好，林東很有禮貌的一一回應。

「大家都坐下吧。」林東笑道，「愉快的春節假期結束了，我看到大家個個紅

光滿面，看來大家休息的都很不錯，這我就放心了。接下來是我們要打翻身仗的時候了，今年大家可能會過得特別艱苦，但我向大家保證，只要各位同心協力，年底的紅包絕對不會少。」

林菲菲帶頭鼓掌，她早就憋了一股子勁，就是想放開手好好幹一番，她感覺到眼前這個年輕的老闆心裏的想法應該跟她是一樣的。胡大成、任高凱二人雖然也鼓了掌，但是他們的情緒顯然不是很高，在他們心裏，林東只是個有想法的年輕人，但是在他們的思維裏，想法和行動則是兩碼事。他們認為林東太年輕，根本難成大事。

人事部的趙成勇和財政部的芮朝明則相當的看好林東。芮朝明看好林東是沒有理由的，純憑自己主觀的感覺。而趙成勇做了多年的人事，發掘出不少人才，周雲平就是其中之一，他以他專業的眼光評判林東，知道此人必然能帶領亨通地產開創一番新的天地。

「北郊的那塊地不能再等了，開春後馬上動工。」林東說道。

任高凱立馬苦著臉，「哎呀，林總，動工不是問題，可沒錢咱怎麼動工啊？」

林東朝芮朝明看去，問道：「老芮，公司賬上還有多少錢？」

芮朝明道：「流動資金不足兩千萬。」

林東眉頭一皺，情況比他想像的要差，亨通地產那麼多人，如果只有兩千萬的話，只能夠日常的開支所用，根本抽不出錢來搞建設。

「林總，是否公開融資？」芮朝明替老闆想了個法子。

林東搖搖頭，「老芮，咱們公司現在這個情況，你認為能融到多少錢？」

「要不就發行票面利息較高的債權吧？」芮朝明又道。

林東點點頭，「這個方法可行，老芮，你和老任合計合計，看看到底需要多少錢。我這邊也想想辦法。」

林菲菲這時忽然開了口，「林總，我有個不成熟的想法。」

江小媚冷冷一笑，「林部長，不成熟的想法就不要說出來了吧。」

林東笑道：「無所謂成不成熟，咱們這不正在討論嘛。林部長，你把你的想法說出來，大家商量商量。」

林菲菲道：「咱們東郊的地一直捂著，我想可以把那塊地賣掉，然後拿錢來搞北郊的專案。」

「開什麼玩笑，東郊那塊地在市區規劃的重點發展範圍之內，升值潛力巨大，你竟然提議要把它賣掉，虧你想得出來。」江小媚對此嗤之以鼻，認為林菲菲的腦袋簡直就是壞掉了。

林菲菲根本沒把江小媚的話放在心上，一直看著林東，她在意的只是林東一人的看法。

「林部長提議賣地，各位有沒有想發表一下看法的？」林東笑問道。

任高凱發現林東的目光一直盯在他的臉上，知道這是老闆有意想讓他發言，於是便說道：「林總，我認為賣地之舉不可取。且不說東郊的那塊地升值的潛力有多麼巨大，就說在業內的影響吧。其他地產公司要是看到我們要賣地，還不笑話死咱們，肯定認為咱們已經到了窮途末路，沒辦法了。」

胡大成也說道：「關於賣地，我也不贊成。」

趙成勇道：「這一塊的業務我不大瞭解，不發表任何意見。」

芮朝明道：「我倒是覺得小林的這個提議很不錯。」

林東笑道：「老芮，說說你的想法。」

芮朝明道：「很簡單，地放在那兒是死的，怎麼樣才能把死的東西用活了？小林想到要把東郊的地賣掉，我覺得這是個不錯的想法，但稱不上一流。如果咱們沒有錢，專案搞不起來，遲早有一天還是要走到賣地的地步。這就如同治病一般，拖的越久越難治，倒不如在一開始的時候下決心，來個壯士斷腕，少了一隻胳膊總比丟了命要強。」

林菲菲感激的看了一眼芮朝明。

林東笑道：「老芮，你剛才說林部長的想法稱不上一流，你是不是有一流的想法？」

芮朝明笑道：「是小林的想法給了我啟發。我先來講個故事給大家聽聽，這是我在報紙上看到過的一篇報導，是真實的事情。在本世紀剛開頭的時候，有個東北的小公務員迷上了炒股，在股市裏賺了不少錢。後來他辭了工作，也不再炒股，轉而做房產投資，又狠狠的賺了一大筆，後來他發現房產升值的潛力越來越小，於是找到了另一條生財的路子，投資古玩和紙幣。他的固定資產很多，但是手上的流動資金卻不是很多，玩古玩卻是需要很大一筆流動資金的。他的做法是這樣的，原來他幾十萬買的房子都漲到了幾百萬，於是他就拿出幾套房子抵押給銀行，用從銀行貸來的錢投資古玩，等到手上的古玩漲到了合適的價位就立馬賣掉，再立馬還了銀行的錢。我想咱們可以跟故事裏的這位學一學，把東郊的那塊地抵押給銀行，貸來的資金去做北郊甚至更多的專案。」

林菲菲向芮朝明投去了崇拜的目光，心想果然是搞財政的，深明用錢之道啊！

林東帶頭鼓起了掌，芮朝明的這個想法簡直令人拍案叫絕，將不動產活用，算是幫他解決了目前最大的難題。

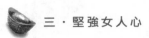

江小媚等幾個剛才反對林菲菲提議的人也紛紛沉默了下來。

「各位，大家認為老芮的這個想法如何？」林東笑問道。

任高凱見風使舵，看到老闆剛才為芮朝明鼓掌，知道老闆必定是很喜歡這個主意，於是搶先說道：「林總，我贊成老芮的想法，簡直太絕了。」

胡大成道：「我也贊成。」

趙成勇也一改剛才中立的態度，笑道：「老芮的這個想法真的很妙，我贊成。」

林東朝江小媚看去，「江部長，你的意見呢？」

江小媚嬌笑道：「芮部長的想法精妙絕倫，我佩服得五體投地，當然是極力贊成的了。」

林東笑道：「老芮，大家都很贊成你啊，全票通過。我決定採用你這個想法。」

芮朝明笑道：「我也是沾了小林的光，沒有她的思路指引，我哪想得出來。」

林東笑道：「今天就到這兒吧，各位回去做一份上半年的工作計畫給我，散了吧。」

眾人紛紛散去，林東回到辦公室裏，過了一會兒，林菲菲又回來了。

「林部長，還有事嗎？」林東笑問道。

林菲菲站在林東的辦公桌前面，似乎正在猶豫著是否要開口。

「如果沒想好，那就等你想好了再來跟我說吧。我這裏隨時歡迎你。」林東笑道。

林菲菲下定了決心，說道：「林總，其實沒什麼事，我只是來告訴你，你讓我看到了希望，我的鬥志又起來了。」

林東哈哈一笑，「林部長，我最欣賞的就是你身上時刻散發出來的不服輸，敢拚敢做的那股勁。大家是相互影響的，我從你身上也感受到了動力。」

「是嗎？」此刻的林菲菲天真的像個孩童。

林東笑道：「是。」

林菲菲臉上的喜色難以自禁，轉身開心的離開了林東的辦公室。過了一會兒，周雲平進來了，摸著頭道：「林總，林部長這麼開心我還是第一次見啊。」

林東道：「小周，你有什麼事嗎？」

周雲平道：「沒什麼，就是問問你要不要安排和董事會的成員見個面？」

林東想起公司更名的事情，說道：「嗯，你儘快安排吧。」

周雲平點點頭，轉身離開了他的辦公室。

到了中午，周雲平忽然提著一個飯盒走了進來，笑道：「林總，這是給你的午飯。」

林東大為不解，問道：「你做的？」

周雲平趕緊搖頭，「不是不是，據說是個女的送來的，塞給了我們一個同事，說是給你的。」

林東把那飯盒接了過來，打開了蓋子，看到裏面的菜就知道是柳枝兒送來的，心中暗道：「這傻丫頭，來都來了，幹嘛不上來呢？」

「小周，正好我也餓了，你幫我拿去熱一熱，中午我就吃這個了。」林東面帶微笑道。

周雲平提醒了一句：「老闆，來歷不明啊！」

「沒事，沒毒的。」林東笑道。

周雲平微微一笑，心想老闆多半是知道是誰送來的了。

到溪州市幾天之後，柳枝兒一有時間就出去逛逛，短短幾天，已將溪州市的市區這一片逛了個遍。她買了個地圖，按照初中時候地理老師教的上北下南左西右東的認圖方法倒也沒有走錯。溪州市市區裏有些地方風景名勝，她也曾走到過門前，但一聽說一張門票要上百塊，就立馬斷了進去一遊的想法，心想在溪州市的日子還長，等到日後自己掙了錢再來看。

五天之後，柳枝兒終於逛膩了，決定開始找工作。林東在溪州市的時候，白天都在上班，只有晚上才會到她這裏休息，所以柳枝兒白天的時間還是很寬裕的。自從知道林東上班的亨通大廈在哪兒之後，她每天早上都會將林東的午飯做好，然後送去他的公司。

從林東的公司出來，柳枝兒就開始去找工作。報紙上有許多應聘的消息，柳枝兒在社區門口的包廳裏買了幾份報紙，已經把招工的版面看了許多次。昨天她就已經看上了一家招工單位，按照上面留的聯繫地址，柳枝兒換乘了幾班公車才到地方。

「豐望勞務所！」

柳枝兒看到了這五個大字，心情變得很輕快，幾步就到了豐望勞務所的前面，見門前還有幾個人，看樣子都是來找工作的。輪到她時，勞務所的負責人吳胖子瞅了柳枝兒一眼，不禁心神蕩漾，還從未見過長得那麼標緻的女孩到這裏來應聘工作。

「你好，我是來你們這兒應聘工作的。」柳枝兒怯生生的道，帶著鄉下人特有的質樸以及對城裏人的仰望。

吳胖子嘿嘿一笑，露出一口黃牙，「小姑娘，你都會些什麼？」

這可把柳枝兒難住了，想了一會兒，說道：「我會燒菜做飯，還會打掃縫補。」

吳胖子搖搖頭，「我這兒不是招老媽子的，你會的這些在我們這兒沒用。」

柳枝兒不善作偽，頗為失望的說道：「老闆，我不會其他的了。」

吳胖子見柳枝兒單純，心想送上門一個傻貨，拍拍面前桌子上的一疊資訊表。「把你的資訊留下，然後交五百塊錢就可以回家等消息了。」

柳枝兒不解的問道：「老闆，俺是來應聘的，怎麼還要交錢呢？」

吳胖子不耐煩的道：「愛交不交，後面還有很多人等著呢，哪來的那麼多廢話。」

柳枝兒一咬牙，拿起筆快速的把自己的資訊填寫在面前的資訊表上，當填到現居地址的時候，柳枝兒在上面寫了她在春江花園的地址。填好之後。柳枝兒把表送到吳胖子手裏，「老闆，你看行嗎？」

吳胖子目光一掃，看到了「春江花園」四字，放下表格打量了柳枝兒幾眼，「你的地址沒寫錯吧？」他想一個鄉下進城的傻姑娘，怎麼可能租得起那麼好的房子。

柳枝兒認認真真的看了一遍，確定自己沒寫錯，也沒有錯別字，說道：「沒錯，我就住在那兒。」

「春江花園。你確定？」吳胖子又問了一遍。

柳枝兒點點頭，「是啊，我就住那兒。」

吳胖子見柳枝兒不似說謊，盯著柳枝兒的臉看了一會兒，越看越覺得好看，心裏猛然醒悟過來，這麼好看的妞兒肯定是跟了有錢人了，所以才能住那麼高檔的社區。吳胖子心裏感歎一聲。還不知道這妞被什麼樣又老又醜的男人給糟蹋了，本來對柳枝兒也頗有意思的他，看來是沒什麼機會了。

「交錢走人！」吳胖子冷冷道。

柳枝兒從口袋裏掏出五百塊錢，交給了吳胖子。問道：「老闆，我什麼時候來上班？」

「不知道不知道。快走吧，下一個！」

吳胖子心知自己沒機會和這漂亮的村姑來一段感情了，也就毫不客氣的打發她走。

「那我交的錢怎麼辦？」柳枝兒心想五百塊錢都交了，總不能就換來一句「不知道。」

吳胖子道：「不是說了嗎，讓你回去等消息，有合適你的工作會通知你的！」若不是看在柳枝兒漂亮單純，一向脾氣火爆的吳胖子早就怒的拍桌子了。

柳枝兒見吳胖子那麼兇惡，雖然心疼那五百塊錢，但也不敢多說什麼，趕緊就走了。

「下一個！」

吳胖子抬頭看了一眼柳枝兒的背影，腰細臀肥，令他直流口水，忽然察覺到了不對的地方，心道：「既然她傍了個大款，幹嘛還要到這裏來找工作呢？」吳胖子興奮了，覺得這其中必然有誤會，她說不定沒傍什麼大款，那樣他就還有機會。

「我得給這妞安排個好工作！」

吳胖子心中暗道，已經想好了怎麼接觸柳枝兒了。

從豐望勞務所出來之後，天色還早，柳枝兒又趕往下一家用人單位去，一家叫東閣酒店的招服務員。柳枝兒到了那兒之後，被眼前東閣酒店的氣勢嚇得呆住了！

東閣酒店是溪州市知名的酒店之一，是一家五星級酒店。

柳枝兒走到門口，就被身著制服的保安給攔住了，「喂，你去哪兒？」

柳枝兒道：「我是來應聘的，想進去。」

保安揮揮手，「這是正門，你不能從這兒進去，走後門進去吧。」

柳枝兒道：「大哥，麻煩你了，能告訴我後門在哪兒嗎？」

保安也是外地打工仔，見柳枝兒質樸純真，看上去十分舒服，就給柳枝兒指了路。這東閣酒店極大，柳枝兒繞了很大個圈子，走了足足半個小時才找到了後門。進去之後，被眼前的景象驚呆了！

來此應聘的妙齡少女個個描眉畫眼塗脂抹粉，大冷的天穿著還不到膝蓋的短裙，腿上只穿了一層薄薄的絲襪，腳上踏著尖細的高跟鞋，個個打扮得美豔無比。

柳枝兒站在人群外面，感到這裏的每一個人都比她強千百倍，心中不禁深深的自卑起來，很想掉頭就走，但一想來都來了，總歸是要試一試的，說不定就能有機會。

柳枝兒鼓足勇氣，走進了人群裏，等待面試官的到來。

其他前來應聘的年輕女生發現了這個身穿老棉襖和大棉鞋的鄉下女人，就像是發現了怪物一般，紛紛躲避，唯恐避之不及。

柳枝兒的身邊原本站滿了人，很快方圓三米之內就只剩下她一個人了。她環目四顧，似乎每個人看著她的眼神都很奇怪，有的人的眼神裏飽含厭惡之色，有的人則是非常好奇的看著她，就像是進動物園看猴子一般。

更有甚者，竟然捂住了鼻子，她們下意識裏就覺得從鄉下來的女孩子身上都是臭臭的。

柳枝兒的自尊心飽受打擊，心裏難過的險些當場就哭了出來，但是她忍住了，其他人越是那麼看她，她就越要堅強給她們看。

所有人三五成群竊竊私語討論這個不知從哪裏來的怪物，柳枝兒則孤獨的立在人群之中，任憑耳邊的恥笑她的聲音如潮水般湧入耳中，她就如一尊石像一般，立在那兒一動不動！

也不知過了多久，對面走來了一個身著黑色套裙三十歲上下的漂亮女人，柳枝兒感覺時間漫長的像是過了一個世紀。

原本嘈嘈雜雜的大堂內頓時安靜了下來，穿著黑色套裙的那個女人腳下的高跟鞋踏地的聲音清晰的傳入了每個人的耳中。她站在前來應聘者的面前，略微躬了躬身，「各位姐妹好，我叫黛麗絲，是東閣酒店的領班，由我來負責面試各位，請問哪位先來？」

黛麗絲的聲音清脆悅耳，卻偏偏非常的冷淡。

所有人都駐足不前，柳枝兒鼓足了勇氣，舉起了手，「大姐，我來！」

黛麗絲的眉頭一蹙，冷聲問道：「你剛才說什麼？」

「大姐，我來！」柳枝兒又重複了一遍。

在場的其他應聘者都在心裏暗自偷笑，村姑就是村姑，難道不知道女人最忌諱的就是年紀嗎？竟然敢叫領班大姐，哼哼，簡直找死！

黛麗絲板著臉，在一張椅子上坐了下來，朝柳枝兒道：「你過來。」

柳枝兒走到黛麗絲的面前，鞠了一躬，這是她跟黛麗絲學的。

「先簡單介紹一下自己吧。」黛麗絲頭也不抬，手裏握著筆，似乎是準備寫什麼。

柳枝兒早已在來的路上想好了，她把自己來自哪兒，家鄉有什麼特產都說了一遍。

黛麗絲聽完柳枝兒的陳述，只覺乏善可陳，但覺得這女孩能在考官面前那麼坦誠，倒也算是難能可貴，問道：「柳枝兒是吧，你有沒有過在酒店工作的經驗呢？」

柳枝兒道：「我沒有，但是端盤子洗盤子我都會。」

「你認為酒店的服務員只要會端盤子洗盤子就行了嗎？」黛麗絲問道。

柳枝兒道：「當然不是，我覺得最主要的是要有好的服務態度，把顧客當做喜歡的人一樣對待。」

黛麗絲停下了筆，抬頭看了一眼柳枝兒，她在酒店做了十來年，深知一個好的服務員應該具備什麼素質，柳枝兒身上缺少很多，但是卻具備最重要的一點——態度！

「柳枝兒，你會英語嗎？」黛麗絲已經問到了最後一個問題，這也是進東閣酒店的一條硬性要求。東閣酒店接待的外賓特別多，所以所有的服務員都要求有基本的英語交流能力。

柳枝兒搖搖頭，「對不起，我不會。」

「一點點都不會？」

黛麗絲很想把柳枝兒留下來，她看得出柳枝兒是個勤快的人，也是個真誠的人，比起現在她手下的那幫老油條要好很多。

柳枝兒初中畢業之後就沒再碰過英語，除了知道英語有二十六個字母，其他的早就忘得一乾二淨。

「考官，我真的不會。」柳枝兒道。

黛麗絲搖搖頭，這女孩太實在了，只要柳枝兒剛才說個小謊，她就睜一隻眼閉一隻眼放她過關。

「很遺憾，你不符合我們的招聘要求，等你學好了英語，歡迎你再次來應聘。」黛麗絲起身與柳枝兒握了握手。

柳枝兒並沒有表現出失望，相反她覺得這個結局很好，好的已經超出了她的期待，有那麼多強勁的對手，自己竟然能闖到了最後一關，難道這還不值得慶賀嗎？柳枝兒含笑走出了大廳，看看時間，已經快五點了，她得趕回去給林東做飯。

六點多的時候，柳枝兒在家裏做好了飯，但一直等到很晚，林東都還沒有回來。她記得林東早上走的時候說今天晚上會回來的，心想可能是有些事耽擱了，於是就一直在等，等的菜都涼透了。

林東在臨下班之前被譚明輝給叫去了，譚明輝說是長安保公司的孫茂邀請他吃飯。林東清楚孫茂的目的，也沒推辭，就去了譚明輝說的地方，到了之後。孫茂和譚明輝已經都到了。

「譚二哥、孫老闆，新年好啊！」

「林總，也祝你新年大發財！」

三人一見面，難免互相寒暄一番。

飯桌上，林東主動說道：「孫老闆，我是剛上班，正打算找你呢。你明天到公司來簽合同吧，就按咱們過年之前商量的那樣辦。」

孫茂正是為這事請林東吃飯的，他年前已經和林東商談好了細節。但年後遲遲沒等到林東的回應，所以有些慌了，才托譚明輝把林東請出來，沒想到林東主動提出來了。

孫茂大喜：「林總，我一定把我最好的兄弟派給你。」

吃完飯，譚明輝和孫茂洗桑拿去了。林東知道他們下面必定還有別的娛樂活動，他不參與那些。找了個藉口就辭別了二人，到了柳枝兒在春江花園的家，已經快十點鐘了。

林東一身酒氣的進了門，柳枝兒馬上為他泡了杯茶，緊張的問道：「東子哥，你喝酒啦？」

林東道：「喝了點。」

柳枝兒道：「下次開車你可別再喝酒了，要是被交警抓到，那可不得了。電視上放了，大明星酒駕都被判刑了。」

林東知道柳枝兒是關心他，把柳枝兒摟進懷中。「枝兒，別擔心，我沒喝醉，很清醒。」

他看到飯桌上的飯菜，問道：「枝兒，你不會還沒吃飯吧？」

柳枝兒點點頭，「是啊，你說晚上回來吃飯的。我以為你有事情加班，所以就打算等你回來一起吃。」

林東心中湧起一陣愧疚之感，「枝兒，是我不好，我該打個電話告訴你不要等我的。我幫你把飯菜熱熱，趕緊把飯吃了。」

柳枝兒把林東按在沙發上，笑道：「你喝了酒，坐著歇歇吧，我自己熱熱。」

林東看著柳枝兒在廚房裏忙碌的身影，心中一片溫暖。

吃完飯，兩人洗了澡躺在床上。

柳枝兒跟林東講起了今天找工作的經歷，「東子哥，我今天去找工作了。」

林東道：「枝兒，不是說讓你不要著急的嗎？」

「我覺得我可能被人騙了五百塊錢。」柳枝兒一想到糊裏糊塗就把五百塊錢給了吳胖子，心中仍是非常的懊悔。

林東問明了情況，說道：「枝兒，你去的那是專門給人介紹工作的地方，他們會收取介紹費的。」

柳枝兒道：「東子哥，你的意思是說，我的錢並沒有被騙嘍？」

林東笑道：「這也說不準，枝兒，你就在家好好歇著吧，工作的事情我來幫你安排，你不必操心。」

柳枝兒道：「不行，我說了要靠自己找的。」

林東歎了一聲：「我怕你受騙啊！」

「吃一虧長一智，我下次不會了。」柳枝兒倔強的說道。

「睡覺吧。」林東關了燈。

柳枝兒鑽進了被窩裏，溫熱的身軀貼了上來，是在暗示林東她又想愛愛了。

第四章

情之一物

林東躺在床上，兩眼望著無盡的黑暗，從沒有遇到一件事比感情讓他感到更難處理。

「枝兒也跟我說想要一個我和她的孩子，玲姐，我該怎麼辦？」

楊玲歎道：「情之一物，不知有多少聖人先哲都難解開，何況是你。我雖比你年長十來歲，但也是在遇到你之後才知道真正的愛情是什麼。在感情方面，我實在是給不了你什麼建議。」

上午九點，林東在董事會會議室裏見到了宗澤厚和畢子凱等人。眾人相互寒暄，紛紛致以美好的祝福。

會議一開始，林東開門見山的說道：「今天勞煩大家過來主要就是商量商量公司更名的事情。」

畢子凱道：「林董，這事大家年前都表過態了，沒意見。」

林東笑道：「我是來徵求一下大家的意見，看看什麼時候合適。」

宗澤厚見林東朝他投來友好的目光，知道林東是在等待他一錘定音，畢竟這幫董事會的成員大多數都是以他馬首是瞻的。宗澤厚清了清嗓子，「公司更名不是小事，關係到公司的氣數，我看應該請高人定個黃道吉日。」

眾人深以為然。

林東笑道：「宗董，我也覺得擇一個黃道吉日非常有必要。宗董，這事看來還得麻煩你。」

宗澤厚笑道：「小事一樁，就包在我身上了。」

會議很短，散會之後，林東單獨把宗澤厚和畢子凱留了下來。

「東郊的那塊地我打算拿出去抵押給銀行，從銀行借來的錢打算用來發展北郊的專案。北郊的專案早已過了交付日期，業主們怨聲載道，不能再拖了。還有，我打算對沒有如期拿到房子的業主進行適當的賠償。」

林東凡事都向宗澤厚和畢子凱徵求意見，給足了他們面子，因而亨通地產的三大股東目前的關係非常和諧。

「公司名聲太差，是該做些舉動改變一下名聲了，我沒意見。」宗澤厚道。

畢子凱一向與宗澤厚保持一致，當下也說道：「管理上面的事情我們不做太多干涉，我和宗董一樣，沒意見。」

林東也就是知會他們一下，笑道：「那既然這樣，我就放手做了。」

回到董事長辦公室，林東對周雲平道：「小周，把老芮和江小媚給我叫來。」

周雲平馬上給那兩人打了電話，兩人接到通知，馬上就趕了過來。在電梯裏遇見了，一問之下才知道都是要去見林東的。

江小媚不知林東找她有何事情，心裏七上八下。芮朝明反而很鎮定，心想林東找他多半是為了商談抵押東郊那塊地的事情。

二人邁步進了林東的辦公室，林東放下手中的筆，請他們坐了下來，「二位，北郊的專案不能再拖了，今天找你們過來就是為了這事。」

江小媚笑問道：「林總，不知我能做什麼呢？」

林東微微一笑，「江部長，你可不要小瞧了你自己，你的作用大著呢。」

江小媚一顆心放進了肚子裏，看來林東有需得著她的地方了。

「林總請說，人家自然樂意效勞。」江小媚嗲聲道。

林東對芮朝明道：「老芮，抵押東郊那塊地的事情交由你主要負責，江部長從旁協助你，有她的幫忙，貸款放下來的速度不知道要快多少呢。」

芮朝明心知江小媚的交際手段厲害，笑道：「有小江幫忙，這事我就要輕鬆多了。」

林東對江小媚笑道：「江部長，你具體負責什麼我就不多說了，你明白的。」

江小媚朝林東拋了個媚眼，「人家明白。」

「好了，就這事，你們抓緊把這事促成。」林東道。

二人從林東的辦公室出來之後，在回去的路上就開始商議了起來。

「小江，你該認識不少銀行大人物吧？」芮朝明笑著問道。

江小媚與溪州市五大行的分行行長都很熟絡，笑道：「芮大哥，你只需考慮從哪家銀行貸款就行，其他的我來搞定。」

芮朝明笑道：「自然哪家的利息少去哪家了。」

江小媚道：「那就不要去五大行了，考慮一些小銀行吧。利息低，放款快，手續也簡單。」

芮朝明道：「小銀行我真不認識幾個人，小江，這次林總交給咱的工作很重要。老哥年紀大了，你得多為老哥分擔點。」

江小媚笑道：「那是自然。芮大哥，這樣吧，不要怪小妹奪了你的權，你只需把資料準備好，剩下的全部交給我辦。」

芮朝明笑顏逐開，「這樣最好，真是太感謝了。」

江小媚急於在林東面前表現自己，得到這個機會當然心裏很高興，心裏不知多麼感謝芮朝明呢。二人出了電梯就各回各的辦公室去了，分頭行動，要在最短的時間內把林東交給他們的事情辦好。

下班之前，林東接到了李民國的電話。

「李叔，新年好啊。」林東開口首先向李民國問好。

李民國道：「小林，你讓我幫忙打聽國際教育園的那塊空地，我打聽到了，的確還是一塊無主之地。如果你需要的話，得儘快把那塊地弄到手，據說還有人對那塊地的興趣也不小。」

林東聽到這個消息，沉聲道：「李叔，這個你還得幫我，能不能把主管部門的領導人請出來，我想親自見見他們，酒桌上好說話嘛。」

李民國道：「請出來倒是不難，我告訴你，據說你的競爭對手來頭不小，你要小心提防。」

林東道：「放心吧，那塊地我志在必得。」

掛了電話，林東在辦公室裏來回踱步。心道也不知是哪個不長眼的傢伙，竟然要和他爭同一塊地。

林東給紀建明打了一個電話，讓他派人調查暗中和他爭地的人是誰。

到了下班時間，林東剛想拿著東西回家，電話響了，一看號碼是楊玲打來的。

「你回來沒有？」電話裏楊玲的語氣冰冷，像是十分的不悅。

林東道：「回來了。怎麼了？」

「回來多久了？」楊玲問道。

「一個星期了。」林東如實回答。

楊玲在電話裏沉默了許久，林東「喂」了幾聲她都不肯說話，過了十來分鐘，直接就掛了電話。

林東給柳枝兒打了個電話，說是晚上不去她那裏了。柳枝兒雖然有些失望，卻也沒有多問，只是叮囑林東在外面不要喝太多的酒和開車要小心。

林東開車直接往楊玲家去了，到了那兒，看到楊玲的車停在了樓下，知道她必然在家裏。到了楊玲家的門口。林東按了好久的門鈴都無人來開門，給楊玲打電話也是無人接聽。

被逼無奈，林東在門外道：「玲姐，你要是再不開門，我可就要在門口大喊大叫了啊。」

裏面仍是一點回應也沒有。

林東於是便大喊大叫起來：「玲姐開門啊，玲姐開門啊……」

楊玲坐在客廳中垂淚，聽到林東在外面嚷嚷，害怕他打擾了鄰居，趕緊跑過來開了門，「我求你別嚷嚷了行嗎？」

林東笑道：「你既然開門了，我當然就不會繼續嚷嚷了。玲姐，先讓我進去吧。」不管楊玲同意與否，林東一矮身，彎腰從楊玲的胳膊下鑽進了屋裏。

楊玲關上了門，她實在是拿林東沒有辦法，歎了口氣，回到了客廳裏。

林東看到楊玲臉上還殘留的淚痕，心疼的問道：「玲姐，發生什麼事了，為什麼哭了？」

楊玲抽出紙巾擦了擦淚痕，「你這個負心的傢伙，還問我為什麼，回來都一個星期了，不來找我也就罷了，為什麼都沒打個電話給我？若不是我今天主動找你，我到現在還不知道你已經回來了。」

林東心想這的確是他的過錯，坐到楊玲的身旁，摟住楊玲因抽泣而顫抖不止的胳膊，「玲姐，是我錯了。」

「告訴我，你是不是有新歡了？」楊玲質問道。

林東搖搖頭，「絕對沒有，玲姐，你就不要生氣了，還沒吃晚飯吧，你坐著歇歇，晚飯就交給我了。」

林東起身朝冰箱走去，看到冰箱裏還有些蔬菜，就拿了幾樣出來，圍上圍裙，開始做飯，希望借此能讓楊玲不再生他的氣。忙活了將近一個小時，林東做好了晚飯，把菜和碗筷全部拿到了餐桌上。

「玲姐，吃飯了。」林東叫了一聲。

楊玲依舊坐在那兒，雖然止住了眼淚，卻仍是一副悶悶不樂的樣子。

林東把她拉到了餐桌旁，笑道：「親愛的玲姐，這是我為你烹飪的愛心晚餐，希望你吃了以後就不要生我的氣了，好不好？」

楊玲仍是默然不語。

林東夾了一筷子菜送到她的嘴邊，「玲姐，我都這樣了，你快張開嘴吃吧，好歹也要給我一個面子啊。」

楊玲仍是無動於衷。

楊玲的性格是軟硬不吃，但卻很在乎所愛之人的感受，之所以會跟林東生氣，也就是為了撒撒嬌。林東抓住了她這一點，忽然放下了筷子，冷起了臉，「玲姐，飯菜都在這兒了，你慢慢吃吧。反正我在這兒你也不開心，倒不如眼不見為淨，我走了就是。」

林東起身就要往外走，楊玲知道這傢伙說得出做得到，趕緊拉住了他的手。

林東扭頭問道：「玲姐，那你還生不生我的氣了？」

楊玲此刻就像是個小女孩，嘛著嘴道：「親愛的，我不生你的氣了，你別走好嗎？」

林東嘿嘿一笑，馬上坐了下來。

楊玲搖著頭唉聲歎氣，「又被你奸計得逞了，我怎麼就對你那麼狠不下心來呢？」

「嘿嘿，在營業部說一不二的楊總經理，想不到會有今天吧？這叫一物降一物。」林東面露得意之色，笑道。

楊玲既然已經在他面前投降了，也就不再裝下去了，多日未見林東，她心中思念不已，此刻見到了，當然是萬分的高興。不停的誇林東菜燒得好吃，還不停的往林東的碗裏夾菜。

吃過飯之後，林東知道楊玲許久未與他親熱，一定是想念得很，於是就將楊玲抱進了浴室。二人很快就為對方脫光了衣服，做足了前戲，在浴室裏就開始做了起來，然後又將陣地轉移到床上。直弄得楊玲骨酥肉軟，高潮迭起，這才作罷。

激情過後，楊玲躺在林東的臂彎裏，忽然說道。

「林東，我想為你生個孩子？」

林東問道：「為什麼？」

楊玲歎了口氣，「我註定無法成為你明媒正娶的女人，況且我年紀也大了，越來越想要個孩子。」

林東想起剛才並沒有戴套，問道：「玲姐，你體內的節育環還在嗎？」

楊玲道：「我拿掉了，過年的時候。」

林東恍然大悟，這個女人太聰明了。「唉，看來你早已有了決心。」

楊玲道：「我算了日子的，今天應該是排卵期，希望能懷上你的孩子。」

「你這是一步步的在算計我啊。」林東歎道。

楊玲笑道：「林東，請原諒我吧，我真的是很想要個孩子，你喜歡孩子嗎？」

林東沉默了片刻，說道：「我當然喜歡，只是覺得現在還沒做好當爹的準備，我害怕的是孩子出生之後不知道自己的親生父親是誰，這對孩子的成長會很不利的。」

楊玲道：「不怕，我會給孩子編個父親，就說他爸是個科學家，去南極考察的時候失蹤了。」

林東苦苦一笑，「唉，那孩子豈不是永遠都不知道我是他爹。」

「沒辦法，我既然無法嫁給你，那麼就只能這樣了。」楊玲歎道。

夾在三個女人中間，林東既感到無比的幸福，也感到十分的疲憊，對楊玲說道：「玲姐，有件事情我看我只能找你傾訴了。」

楊玲問道：「什麼事？」

「感情方面的事。在我老家，有一個非常好的姑娘……」林東將他和柳枝兒的事情說了出來。

楊玲聽了之後久久不語，沉思良久才說道：「林東，你這個傢伙太幸福了。我們三個女人都心甘情願的跟著你，我也就罷了，柳枝兒那麼年輕也心甘情願默默無聞的做你身後見不得光的女人，真是苦了她了。」

林東躺在床上，關了燈的房間裏是漆黑的一片，他兩眼望著無盡的黑暗，從沒有遇到一件事比感情這件事讓他感到更難處理。

「枝兒也跟我說想要一個我和她的孩子，玲姐，我該怎麼辦？」

楊玲歎道：「情之一物，不知有多少聖人先哲都難解開，何況是你。我雖比你年長十來歲，但也是在遇到你之後才知道真正的愛情是什麼。在感情方面，我實在是給不了你什麼建議。」

林東歎道：「看來我註定是有幾個孩兒不能叫我一聲爹的啊。」

楊玲道：「這還不簡單，等到孩子出世之後，我就讓他認你做乾爹。」

林東道：「我是他親爹啊！」

「親愛的，別胡思亂想了，我累了，睡覺吧，抱著我。」楊玲倦意上湧，很快就睡著了，而林東卻是久久難以入眠。

第二天早上，林東很早就離開了楊玲的家，為了顧及影響，他每次在楊玲家留宿都是一早很早就離開她家。

很早他就到了公司，整個亨通地產一個人都沒有。林東進了辦公室，在休息室裏的跑步機上跑了半個小時，出了一身的汗，只覺全身上下十分舒服，就連頭腦也異常的清晰，看來鍛煉是非常必要的。

周雲平一早到了辦公室，看到林東已經到了，笑道：「老闆，來得那麼早啊。」

林東笑道：「你也來得不晚。」

周雲平微微一笑，到外間自己的辦公室辦公去了。

頭兩次找工作的失敗，並沒有給柳枝兒造成多大的打擊，她休整了一天，又開始出去找工作了。這次她留了個心眼，只要是讓她交錢的，她立馬轉身就走。不過應聘了幾家單位，都因為學歷低並且沒有工作經驗而被拒絕了。

在外面跑了一天，柳枝兒依然沒有找到一份工作，剛到家，電話就響了。

「喂，你好，請問找哪兒？」柳枝兒問道。

電話裏傳來吳胖子的聲音，「請問這是柳枝兒的家嗎？」

柳枝兒道：「你好，我就是柳枝兒。」

「哦，柳枝兒，我是豐望勞務所的吳經理，恭喜你啊，我們這兒有個工作非常適合你，請問你需要嗎？」吳胖子笑道。

柳枝兒聞言大喜，看來那五百塊錢真的沒有白花，「需要需要，吳經理你一定幫我留著。」

吳胖子道：「那你明天過來一趟吧，我帶你過去。」

掛了電話，柳枝兒興奮的跳了起來。她立即出門往社區門口的超市去了，她要多買些菜回來，告訴林東，她有工作了。

林東晚上回到家裏，看到桌子上擺了那麼多菜，心想這不過年不過節的，為什麼會有那麼多菜？

柳枝兒在廚房裏哼著歡快的山歌，林東走進來問道：「枝兒，什麼事把你樂成這樣？」

柳枝兒道：「暫時不告訴你，你去外面等等吧，還有一個菜就好了。」

「喲，你還學會製造驚喜了，好吧，我等著。」林東在外面看了一會兒電視，柳枝兒做好了最後一道菜。

「東子哥，吃飯了。」

林東在飯桌旁坐了下來，笑道：「現在該把你的驚喜說出來了吧。」

柳枝兒給林東倒了杯橙汁，也給自己倒了一杯，「我們拿飲料當酒，東子哥，為我慶賀吧。」

「慶賀什麼我還不知道呢，怎麼慶賀啊？」林東笑道。

柳枝兒道：「東子哥，我找到工作了！怎麼樣，是不是值得慶賀一番呢？」

柳枝兒那麼快找到了工作，這倒是非常出乎林東的預料，他害怕柳枝兒上當受騙，於是便問道：「枝兒，到底是什麼工作啊？」

柳枝兒笑道：「具體是什麼工作我也不知道，還記得我前些天跟你說過被騙了五百塊錢的事嗎？就是那個勞務所的人給我打的電話，讓我明天過去找他，然後帶著我去上班的地方。」

林東也沒察覺出有什麼不對的地方，說道：「萬事要小心，出門在外多留個心眼。」

柳枝兒笑道：「知道了，東子哥，快吃菜吧，今晚做了那麼多的菜，你可要多吃些。」

第二天一早，柳枝兒把林東送出了門，過了不久也出了門。她乘公車到了豐望勞務所，因為到的太早，勞務所的門還沒有開。等了將近一個鐘頭，才見吳胖子開著一輛破舊的普桑來到了勞務所的門前。

吳胖子還沒下車就看到了門口站著的柳枝兒，下了車，走到近前，笑道：「小妹，來得那麼早啊。」

柳枝兒笑道：「經理好，害怕來晚了讓你等我，所以就早點來了。」

「嗯，不錯不錯，很會做事。」吳胖子兩眼在柳枝兒身上亂掃，一臉不懷好意的笑。

「經理，我們什麼時候過去啊？」柳枝兒心急的問道。

吳胖子笑道：「不著急，小妹，你過來坐下，陪哥聊會兒。」

柳枝兒心思全在工作上面，哪有閒心思陪吳胖子聊天，笑道：「經理，咱們可以在路上聊啊。」

吳胖子道：「小妹，我手上還有許多好工作，你陪我聊聊，我介紹個好的給你。」

柳枝兒搖搖頭，「不了，我知道我是什麼料子，只要能有一份工作就行了，好工作我不期待，也沒那本事做。」

吳胖子開勞務所那麼多年，還是第一次見到不想要好工作的，越來越覺得柳枝兒與眾不同，心想著怎麼把柳枝兒弄到手，不禁心癢難耐。吳胖子喝了杯茶，關了店門。「走吧，帶你去看看。」

柳枝兒隨吳胖子上了車，吳胖子帶著柳枝兒往溪州市拍戲的三國城去了。

路上，吳胖子說道：「小妹，你以前沒進過城打工吧？」

柳枝兒點點頭，問道：「是啊，經理。你這都能看出來？」

吳胖子得意一笑，「你哥我在人堆裏混了那麼多年，我一眼就看出來你這是第一次找工作。我跟你說說，我跟你介紹的這份工作可不錯，很多人搶著要我都沒給。」

「那我真的得謝謝經理你了。」柳枝兒道。

吳胖子笑道：「謝啥，我也是外地人，混了十幾年，總算有點人模狗樣了。你們現在吃的苦那都不叫苦，想當年大冬天。我連件棉襖都沒有，一頓吃一個饅頭，想想那時候，真是可憐啊。不說了，再說我就該掉眼淚了。」

柳枝兒歎道：「沒想到經理你也有那麼艱辛的日子啊。」

吳胖子道：「知道我為什麼跟你說這些嗎？我是想告訴你，在城裏混，想要出人頭地，必須得靠別人拉你。你哥我就是。當年遇上了貴人，否則哪有今天。你看我現在有車有房，日子多滋潤。」

柳枝兒笑道：「經理說的對。在家靠父母，在外靠朋友。這話我知道。這不，我不就是遇到了你嘛，沒有經理幫忙，我現在還找不到工作呢。」

吳胖子直點頭，顯然是很滿意柳枝兒這份悟性，笑道：「以後有好活兒哥還想著你。我說小妹啊，等你發了工資，可不要忘了是誰介紹工作給你啊。咱也不要求別的，請我吃頓火鍋總是應該的吧？」

吳胖子心裏有自己的一把算盤，他想到時候只要把柳枝兒灌醉，她就是一灘肉泥，隨便帶到哪個小旅館就把她辦了。這事有第一次就有第二次，他也不怕柳枝兒敢聲張。

柳枝兒道：「好啊，等發了工資，我一定記得請你吃火鍋。」

三國城在溪州市的近郊，坐落在風景秀麗的大湖之濱，占地極廣，有四十公頃。國內每年上映的古裝片有近四分之一都會到這裏取景。

吳胖子開車到了三國城外面，停了車，帶著柳枝兒進了城內。

「經理，這是什麼地方啊？」柳枝兒進城之後發現這裏人人都身穿古裝，心中十分好奇。

吳胖子笑道：「這就是大名鼎鼎的三國城，拍戲的地方，也就是你以後工作的地方。」

柳枝兒兩眼亂轉，感覺自己像是回到了古時候一般，這裏的一切都是那麼的新鮮。這邊這隊人還是穿著電視裏清朝的服飾，等往前走了不遠，又看到一堆人穿著宋朝的盔甲。三國城內到處都是人，熱鬧的就跟大廟子鎮逢集的時候一樣。

吳胖子想趁機占柳枝兒的便宜，一把抓住了柳枝兒的手。柳枝兒就像是觸電一般，用力一掙脫，甩開了吳胖子的手，緊張的問道：「經理，你幹嗎？」

吳胖子尷尬一笑，「沒事，你別多想，我看這裏人山人海的，怕你跟丟了，所以想牽著你走。」

柳枝兒道：「不會的，你在前面走，我跟得住。」

吳胖子見柳枝兒剛才那麼大反應，知道這女孩不是那麼容易搞定的，心想不能心急，首先得讓她對自己有好感，否則下次約她都難，「小妹啊，我剛才不是存心占你便宜的，就是怕你走丟。」

「行了，我知道了，別說了。」柳枝兒冷冷道，她早就發覺這個胖子看她的眼神不對勁，只是沒想到他竟敢對她動手動腳，心裏對吳胖子僅存的那一點點好感也消失殆盡。

吳胖子帶著柳枝兒在三國城內四處繞了半天，一路上不停的挑起話題，柳枝兒卻一個也不肯接，似乎對什麼事情都不感興趣。吳胖子悲觀的發現，這鄉下妹子看上去和氣，但一旦得罪了她，脾氣可真是不小。

「經理，咱們都走了老半天了。怎麼還沒到地方？」柳枝兒已經察覺到了不對勁，心想若是吳胖子再帶著她繞圈子，她轉身就走。

吳胖子指了指前面，笑道：「瞧見沒，那邊吊鋼絲的地方就是了，別急，馬上就到。」

柳枝兒跟著吳胖子朝前面不遠處吊鋼絲的地方走去。不過五分鐘就到了地方。吳胖子把柳枝兒帶到一個三十歲左右的女人面前，「桐姐，人我給你帶來了，你看她行不行？」

那桐姐是劇組負責劇務的，叫周雨桐，手底下缺幾個有力氣能搬東西的男人，卻沒想到吳胖子給她帶來個女人，一臉的不悅，「吳胖子，不是說讓你找個男人來嗎？這女孩子能有多大的力氣？」

吳胖子哈哈笑道：「哎呀，最近人不好找，桐姐，要不你就將就一下？」

周雨桐看了看柳枝兒，一見柳枝兒這身裝束就想笑，這年月了，居然還有人穿著花花綠綠的老棉襖！不過她看柳枝兒臉上掛著真誠的笑容，手底下也實在是缺人，於是就問道：「搬東西的活兒你能做嗎？」

柳枝兒一個勁的點頭，「我能。別看我是女的，但是我力氣不小。」

周雨桐道：「到了我這兒就別把自己當女人了，知道嗎？」

柳枝兒傻傻的問道：「不當自己是女人，那當啥？」

「你也太笨了，當然是把自己當男人了！」吳胖子在一旁提醒道。

柳枝兒明白了過來，笑道：「沒問題，我保證幹活不比男人們差！」

周雨桐見柳枝兒身材苗條，恐怕手上力氣不夠，踢了踢腳下的一個木箱子，「搬起來給我看看。」

柳枝兒點點頭，一彎腰，兩手抓住箱子兩側的銅環，不費勁的就搬了起來。

「桐姐，怎麼樣，我說我帶來的人行吧！」吳胖子見柳枝兒表現出色，沒給他丟臉，臉上的笑容相當的燦爛。

周雨桐知道這口箱子至少有六十斤重，柳枝兒能不費力的搬起來，看來力氣還真不小，滿意的點點頭，「你合格了。」

柳枝兒興奮的問道：「領導，那我什麼時候上班？」

周雨桐笑道：「今天就開始給你記工資，一天一百二十塊錢。對了，別叫我領導，你和大夥一樣叫我『桐姐』吧，記住了嗎？」

「嗯，記住了，桐姐。」柳枝兒點頭笑道，她沒想到第一份工資就那麼高，比她期望的要高太多了。柳枝兒心裏盤算著，一天一百二，一個月就有三千多，一年就是三萬多！

「天啊，三萬多塊一年，我該怎麼花呀？」

柳枝兒心裏已經開始盤算怎麼花錢了。

吳胖子對柳枝兒道：「小妹，你在這兒好好幹，別給我丟臉。我走了。」

柳枝兒此刻心裏充滿了感激，雖然吳胖子這人很討厭，但畢竟給她介紹了那麼一個好工作，應該對他感恩，笑道：「吳經理，多謝了。」

吳胖子哈哈一笑，轉身就離開了。

柳枝兒站在周雨桐的身旁，問道：「桐姐，有什麼需要我做的，您儘管吩咐。」

周雨桐道：「不急，等這場打戲拍完了，你才有事做。」

柳枝兒朝鋼絲上吊著的那個古裝美人看去，那人手持長劍，裙裾飄揚，做出一個飛行的姿勢，只覺甚是眼熟，驚叫道：「哎呀，那不是大明星楊小米嘛，我見到真人了！」

周雨桐朝她看了一眼，低聲道：「別一驚一乍的，在這兒你能看到的大明星多了去了，楊小米算什麼。」

柳枝兒見好多人瞧著她看，心知剛才自己實在是顯得太沒見識了，看了看四周，立馬閉緊嘴巴，朝投來的目光回以抱歉的笑容。

楊小米吊在鋼絲上飛來飛去，與一個蒙面男人大戰了不知多少會合，最終一劍刺傷了那個蒙面男人，蒙面男自知不敵，施展身法，幾個起落，逃之夭夭。至此，這場打戲就算結束了。

鋼絲慢慢的放低，楊小米雙腳一著地，她的幾個隨從就衝了上去，將她團團圍住，又是送水又是擦汗。

每個女孩心裏都有一個夢，柳枝兒呆呆看著大明星楊小米享受的待遇，她也曾幻想著當明星拍電視劇，如今看到了拍攝現場，曾經的夢想又在心裏燃起了火焰，她是多麼希望有一天也能像楊小米那樣成為萬人矚目的大明星啊！

「柳枝兒、柳枝兒……」

周雨桐的聲音把柳枝兒從憧憬拉回到了現實中，「桐姐，怎麼了？」

周雨桐道：「想什麼呢？叫了你幾聲才聽見。桐姐是過來人，告訴你別老想那些不切實際的了，記住自己的身分。該咱們上場了，把場中的桌椅板凳全部搬出去，動作要快！」

柳枝兒微微一笑，周雨桐能這麼跟她說話，柳枝兒不僅不覺得難過，反而覺得這個姐姐很親切。她也知道自己是什麼命，當大明星只是自己的幻想罷了，當不了真，眼下做好自己的本職工作才是最重要的。

柳枝兒跟在周雨桐身後，手腳十分麻利，比起其他幾個做劇務的男的還要快。

周雨桐默默的觀察著她，對柳枝兒的表現很是滿意，這個女孩單純踏實，做事勤快，正是她最需要的手下。

幾人合力，二十分鐘不到就把場中收拾好了。

柳枝兒什麼都不懂，一直緊跟在周雨桐身旁，一口一個姐的叫著，很討周雨桐的歡心。這一場拍完後，下一場還是楊小米的戲，周雨桐帶著幾個手下，趕到下一場戲的現場，在副導演的指揮下，迅速的佈置好了現場，就等著一干演員來了。

閑下來的時候，和柳枝兒一起做劇務的幾個男的就圍過來找柳枝兒聊天。他們見柳枝兒雖然衣著很土，但是模樣卻是沒得挑，如果化上妝，穿上時尚的衣服，說不定比好些女明星還要好看，於是個個都很想和柳枝兒套關係。做劇務的女的本來就少，老大周雨桐是有夫之婦，而且總是一本正經的樣子，開不得玩笑。他們見來了新人，而且是個漂亮的女人，當然不肯放過。

這些男的上來就說要請柳枝兒吃飯什麼的，柳枝兒當然不肯，但是因為是同事關係，所以也給他們留了幾分面子，只是婉拒。

第五章

教父級人物

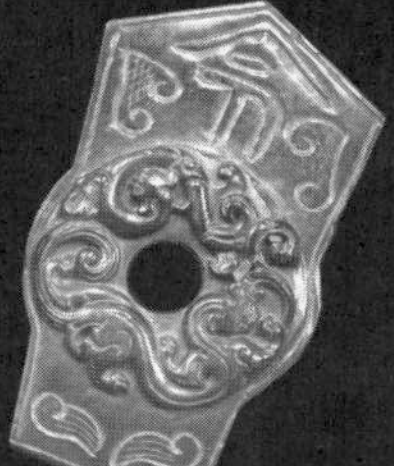

管蒼生是中國證券業的傳奇人物，被稱為中國證券業的教父。
其獨特的操盤手法，精準的眼光，都為圈內人所津津樂道。
他的許多經典戰役至今仍被視作教科書，仍有一批又一批的高手在鑽研。
總之，管蒼生曾經取得過了太大的輝煌，
就如中午的太陽一般，卻在他最耀眼的時候沉沒了。
這一沉沒就是十三年！

林東回到了蘇城，馮士元請他吃飯。

到了酒店，就見馮士元一臉的疲憊，問道：「馮哥，怎麼了？」

馮士元歎了口氣：「沒事，姚萬成已不足為慮。小高今天來向我遞了辭呈，我這心裏真是不捨啊。」

說話間，高倩也到了，見林東也在，笑道：「馮總，你不會是把林東叫過來幫你說話的吧？」

馮士元擺擺手：「非也非也！小高，你有更廣闊的天地任你飛翔，我高興還來不及。今天就我們三人，一是感謝你這半年來對我工作的支持。二是咱們幾個好朋友聚一聚。」

高倩道：「我在元和做了也有一年多了，這是我第一份工作啊，現在要離開了，心裏還真是有些不捨。」

馮士元笑道：「今天不要說傷感的話，咱們三個好朋友就算不再是同事了，但我們還是好朋友，離得那麼近，可以經常相聚，這就足夠了。」

三人坐了下來，喝了點酒。

林東問道：「馮哥，我剛才進來的時候看你愁眉不展，究竟是什麼事呢？」

馮士元道：「姚萬成管事的那幾月，公司流失了不少骨幹人才，元氣大傷，至今仍未恢復。近年來經濟情況蕭條如此，股市不振，咱們券商的日子難過啊，尤其是經濟業務。營業部去年的任務是新增客戶資產兩個億，只完成了一半。總部根本不管下面的死活，今年又下派了兩個億的任務指標。唉，難啊……」

林東道：「馮哥，不是說只讓你在這做三個月的嗎？」

馮士元罵道：「總部的李總真不是東西，虧我把他當朋友才答應來挑這個爛攤子，說話不算數，過年的時候跑到我家，好說歹說，非得讓我繼續掌管蘇城營業部。」

馮士元稱得上是個義士，最重朋友感情，元和總部的李副總也正是抓住了他這一點，知道只要他好言相求，馮士元必然是會答應的。

林東道：「馮哥，兩個億不算什麼，你忘了我是做什麼的嗎？趕明我讓金鼎公司到你的營業部開幾個帳戶，兩個億我替你搞定。」

馮士元斷然拒絕：「這萬萬不行！你們做私募的一向是監管的灰色地帶，忽然間有大筆資金進入，會引起監管部門的關注的，我不能給你惹麻煩。林東，我就是跟你說說，事情不需你操心。今年才剛開頭，我還有很多時間呢。」

林東笑道：「不用金鼎的錢也行，我下次見到亨通地產的大股東幫你問問，看看他們給不給我這個面子。」

馮士元笑道：「這個倒是可以，老哥在這兒先謝過你了。」

「謝什麼謝，好朋友好兄弟就該互相幫助。」

林東和馮士元一碰杯，各自乾了杯中酒。

「小高，我聽說那個東華娛樂公司情況不大好啊，新任CEO，你打算怎麼打理呢？」馮士元笑問道。

林東對此也很感興趣，二人都看著高倩，等待她的回答。

高倩道：「說出來你們別見笑。我分析過了萬源為什麼會把東華娛樂公司做成這樣，主要是因為定位不準確，什麼都想做，什麼都做不好。電影、電視劇、綜藝娛樂。哪一樣他都不放過，腦子一發熱就上一個專案，準備不足，許多專案投入了資金，卻最終胎死腹中。所以我打算主攻一點。之前我跟林東聊過了，電影有宜華影視這個巨鱷，電視劇有先廣傳媒，這兩塊蛋糕我暫時都沒有能力和以上兩家公司競爭，所以我打算主攻他們並不重視的綜藝娛樂。」

馮士元道：「你的定位是準確的，但如今國內的綜藝節目那麼多，你要如何才能突圍呢？」

「借鑒國外，或者引進國外的娛樂節目。」高倩信誓旦旦的說道：「前些年紅火的選秀節目就是學習國外的。我想我可以走這條路。之前我就一直在關注荷蘭一個節目，覺得他們的形式非常的新穎，我已經打算和他們接觸，引進版權。」

馮士元看了看林東：「老弟，你覺得呢？」

林東笑道：「我相信倩的眼光，她就是個娛樂節目發燒級骨灰級的粉絲，全世界各地的節目她都在看，所以我相信她可以做得好！」

「至於電影和電視劇這塊，如果有好的劇本，我當然也不會錯過。」高倩道。

馮士元舉杯道：「為了小高的成功，我們乾一杯！」

三人一飲而盡。

馮士元吃了一口菜，對林東道：「緬甸那邊出了大動靜了。」

林東問道：「什麼大動靜？政權被顛覆了？」

馮士元搖頭笑道：「如果是政權被顛覆了，那關我什麼事。據說是一塊極品翡翠流落到了緬甸。世界各地已經有不少人開始在暗中調查了。」

「到底是一塊什麼石頭？竟然能引起那麼多人的興趣！」林東也來了興趣，問道。

馮士元道：「這塊石頭跟咱們國家有莫大的淵源，我聽說咱們國家古玩協會的那幫人也在暗中調查。據傳聞，是盜墓賊在古墓中偷盜出來的，一塊足有鵝蛋那麼大的翡翠。」

林東笑道：「已經驚動了古玩協會的那幫人，呵呵，那幫人的背景可都非常深厚啊。」

馮士元道：「你也知道啊，有好些都是紅二代，據說還有幾個元老級人物，紅一代，在軍中的權力大著呢。」

林東從馮士元的雙目之中捕捉到了興奮的光彩，這老友似乎已經蠢蠢欲動了，問道：「馮哥，你不會是也想插一手吧？」

馮士元笑道：「我知道自己的斤兩，還不至於想要把寶物據為己有，我只想看一眼，僅此而已。」

林東道：「你不會是想去緬甸吧？」

馮士元嘿笑點頭。

林東倒吸了一口涼氣：「你不要命了！馮哥，我知道你沒有奪寶之心，可其他人不知道，你很容易會被別人當做競爭對手的，那樣會很麻煩，搞不好送了命都有可能。」

馮士元忽然道：「你不感興趣嗎？」

林東笑道：「若是那東西哪天公開展覽了，說不定我會去看一眼。至於去奪寶，我毫無興趣。就是一塊石頭而已，我還不想為一塊石頭喪了命。」

高倩見這兩個男人細聲細語的似乎在聊什麼見不得人的事情，湊過來問道：「林東，你們在聊什麼呢？」

林東笑道：「沒聊什麼。」

高倩的目光在兩個男人的臉上切換，但見二人神色如常，看不出絲毫的端倪。

吃過了飯，三人一起走到了酒店外面。馮士元把林東送上了車，在林東臨上車之前道：「老弟，我說的事情你考慮考慮。」

林東道：「馮哥，我真的沒興趣，我勸你也不要去，太過危險。」

「機會難得啊！如果有你同行，咱倆說不定還能幹點大事。」馮士元不死心，繼續遊說。

林東歎道：「還說你不想奪寶，唉……勸你的話我不多說了，好自為之吧。你也別硬拉我去，我做自己的生意，其他事情一概不管。」

馮士元知道多說無益，笑道：「好吧。這事暫時也只是捕風捉影，還沒有確切的消息，說不定只是個假消息，你就當我沒說。」

「馮哥，那我先走了，你也早點回去休息吧。」林東關上了車門，開車跟在高倩後面。

林東現在的事業重心在溪州市那邊，隔幾天才會回來一次。有道是小別勝新婚，林東每次回來，高倩若是沒有要緊的事，當晚必然會住在他那兒。二人前後在林東家的樓下停了下來，進了屋裏，高倩就撲進了林東懷裏。

一番激情過後，高倩說道：「我明天就過去東華娛樂公司那邊，估計以後就要常住那兒了。我不考慮在那買房子，就住你過年前買的別墅吧，好不好？」

林東根本沒有理由拒絕，說道：「好，你就住我那兒吧。」

高倩笑道：「哈哈，這樣我們又可以經常在一起了。」

他把柳枝兒安排在溪州市就是為了避開高倩，哪知今天高倩突然提出要在溪州市常住。林東心道這真是天意啊，心想這兩人可別遇見了，那可不好收拾。再一想，溪州市近千萬的人口，豈能是那麼容易就遇上的。

高倩一直和林東說著未來的打算，林東心裏裝著事情，有幾次就想跟高倩坦白了，但總是話到嘴邊卻沒有勇氣說出來。

這一段多角戀愛，也不知道什麼時候是個頭。

也不知聊了多久，高倩睏了就睡了，而身邊的林東則是毫無睡意，睜著兩眼看著黑暗的房間。

第二天早上一早林東就醒了，他去社區外面買來了早餐，回到家時，高倩也已醒來了。

「東，我昨晚做了個夢，很可怕的一個夢。」高倩看上去仍是一副心有餘悸的樣子。

林東笑道：「你膽子那麼大，什麼夢能嚇到你？」

高倩把林東叫到床邊，拉著他的手：「我夢到你跟別的女人在一起，而且不止一個。我在大街上看到了你左擁右抱，從我耳邊擦肩而過，還朝我笑。」

「你真夢到了這個？」林東心中一驚。

高倩默然不語，只是點了點頭。

「夢都是假的，好了，快起床吃飯吧，我把早餐都買來了。」林東摸摸高倩的頭，笑道。

高倩道：「我也覺得是假的，你那麼愛我，怎麼可能在外面還有別的女人。」

林東笑道：「那我要是真的在外面有別的女人呢？」他有意借此來探一探高倩的口風。

高倩雙手比劃了一個切剁的動作，「你要是在外面沾花惹草，小心我切了你的命根子。」

林東心中震駭無比，高倩絕對是說得出做得到的那種人。

「吃飯吧。」林東微微笑道。

二人一起吃過了早餐，林東去了金鼎投資公司，高倩則回了家。她向林東要了別墅的鑰匙，打算回家收拾一下行李就開車過去。

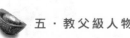

穆倩紅見林東來了公司，立馬進了他的辦公室，「林總，龍潛投資公司那邊我已經聯繫過了。他們的陸總十分歡迎我們過去。」

林東笑道：「倩紅，你定下了時間沒有？」

穆倩紅道：「現在月底了，我跟那邊約了下個月月初過去，需不需要準備一些禮品？」

林東道：「這個自然是需要的了，你看著準備吧。」

穆倩紅走後，紀建明走了進來，沉聲道：「林總，你讓我查的事情有結果了，與你爭國際教育園那塊地的是金氏玉石行的大少爺金河谷！」

冤家路窄，林東怎麼也沒想到對手竟然是金河谷，看來金家不僅想壟斷江省的玉石行業，對房產這一塊也有極大的興趣。林東笑道：「好了，有結果就行了。」

紀建明自從做了情報收集科的主管之後，越來越顯得深沉，即便是在私下裏聊天，他大多數的時間也只是作為一個聆聽者。

「老紀，是不是還有別的事情？」林東見紀建明似乎還有話說。

紀建明道：「林總，有個事情我不知該不該說。」

林東笑道：「你和我還有什麼不好說的，是不是遇上什麼困難了？如果是，你儘管開口，別忘了，我是你兄弟。」

紀建明搖搖頭，笑道：「不是。管蒼生出來了！」

林東臉上的笑容頓時凝住了，站起身來。手用力的按在辦公桌上，「老紀，消息可靠嗎？」

紀建明鄭重的點點頭，「絕對可靠。」

林東朝辦公桌上擊了一圈，壓抑不住自己的興奮，「太好了，什麼時候出來的？」

紀建明道：「前天剛放出來的。」

管蒼生是中國證券業的傳奇人物，被稱為中國證券業的教父，因「六二九國債」事件被判入獄。整整在牢房裏度過了十三年。此人坐牢前是全中國證券界的泰斗人物，受萬人敬仰，就算拿現在如日中天天下第一私募的陸虎成與他相比，也要遜色很多。

管蒼生獨特的操盤手法，精準的眼光，都為圈內人所津津樂道。他的許多經典戰役至今仍被視作教科書，仍有一批又一批的高手在鑽研。總之，管蒼生曾經取得過了太大的輝煌，就如中午的太陽一般，卻在他最耀眼的時候沉沒了。

這一沉沒就是十三年！

「他現在在哪裏？」林東激動的問道。

紀建明道：「據說是回了他在徽縣的老家。他出來之後並沒有見任何老友。對於他的行蹤，也沒有人清楚。他出來的消息起初還是從牢裏傳出來的。」

林東道：「我要去找他！」

紀建明一向很少干預林東的決斷，但一聽說林東要去找管蒼生，立馬開口勸阻，「林總，管蒼生是什麼人你我都清楚，我覺得你不該去找他。」

林東道：「老紀，我知道你的憂慮。當年他操縱股市，大搞內幕交易，不過誰也不能否認他的能力。再說這麼多年過去了。管蒼生在牢裏不會不反思他的人生，我想他跟過去應該有所不同了。」

紀建明道：「時易世變。現在的市場跟十三年前不一樣了！江湖變了，管蒼生被關了十三年，耳目塞聽，很可能已經是個廢人了，請他回來又有什麼用呢？」

林東道：「你說的不錯，但是我相信管蒼生是一個天才，在這個市場之中，他的見識永遠不會落後。他對這個市場的敏銳洞察力和超強預知性，都不是一般人可以比擬的。就算是被關了十三年，我相信他依然是這個市場第一流的高手！」

紀建明不再多言，「既然你決定那麼做，我無話可說，但是我保留我的態度。」

林東笑道：「老紀，感謝有你這個敢說真話的朋友。我會掌握分寸的。如果我請回來的還是以前那個管蒼生，我一定會馬上把他踢走。我絕不容許旁人在我的公司內搞歪門邪道！」

紀建明道：「有你這句話我就放心了。管蒼生具體的落腳點，我現在就派人幫你去查實。」

林東道：「不用查了，來不及了。咱們知道他出來了，別人也會知道他出來了。這種傳說中的人物重現江湖，不可能沒人注意，我估計有些人已經搶在咱們前面去見他了。事不宜遲，你跟我去管蒼生的老家找他。」

紀建明道：「我什麼行李都沒帶，回家收拾一下行嗎？」

林東道：「還帶什麼行李，走吧！」

紀建明嘿嘿一笑，他似乎又看到了從前的那個工作狂林東，想起金鼎公司初創那會兒，他們四個每天沒日沒夜的研究股票分析大盤，經常熬通宵，那時候林東總是四人中最精神的那個。

「好，不帶行李了，咱們出發吧。」紀建明道。

林東道：「給你家裏人打個電話，別害他們擔心。」

紀建明掏出手機，給他媽媽打了個電話，就說要去出差。林東先是給高倩打了個電話，簡單說明了情況，高倩也在證券業混了一兩年，自然是知道管蒼生這個人的，知道林東是想把人才收為己用，很贊同他的想法。

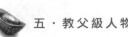

跟高倩通完電話，林東又給柳枝兒打了個電話。柳枝兒當時正在三國城工作，聽說林東要去出差，當時正忙著，只是吩咐他注意身體，沒說幾句就掛了。紀建明在旁邊看出了端倪，聽出林東給兩個女人打了電話，低聲道：「林東，你在外面養小三了？」

林東眉頭一皺，「你瞎說什麼呢！」

紀建明道：「剛才你打了兩通電話，一個是高倩的聲音，另一個肯定不是高倩的聲音。林東，高倩對你怎麼樣，我們這幫人都看在眼裏羨慕在心裏，你如果對高倩三心二意，我們肯定饒不了你。」

林東歎道：「你不清楚事情的情況，我也不想跟你多說什麼，走吧。」

紀建明還想奉勸林東幾句，瞧見林東已經往外面走了，又怕在公司聲張被別人聽見，於是只能閉嘴，心想等上了車，再慢慢的做林東的工作。

林東駕車出了蘇城，很快就上了高速道路，上了高速之後，路況要好很多，大奔的優越性能可以充分發揮出來。雖然車速很快，但車內卻很安靜。林東瞧了一眼紀建明，這傢伙戴著眼罩，耳朵裏塞著耳機，看上去睡得很香。

腦海裏想著管蒼生的模樣，林東曾在網上搜索過他的照片，個子不高，很瘦，五官平平無奇，最突出的就是那兩道濃黑的眉毛。十三年過去了，也不知管蒼生如今變成了什麼模樣。

開了六七個小時，快到了彭城，林東想起了第一次去苦竹寺，正是在那裏，他認識了人稱天下第一私募的陸虎成，並且與之結拜為兄弟。雖然二人只在一起相處過一夜的時間，但在以後的日子裏，陸虎成卻非常照顧這個弟弟，多次給了林東幫助。

下午四點多，林東開車進了彭城。

「老紀，醒醒。」

旁邊的紀建明為了能讓自己有充沛的精力，一直強迫自己閉眼休息，其實他早就睡不著了，聽到林東叫他，立馬摘下了眼罩。

「到了？」

林東笑道：「看看吧，這就是彭城。」

紀建明朝路兩旁看了看，彭城雖比不上蘇城繁華，卻顯示出一股非凡的大氣來，果然是出過許多皇帝的地方，王氣所在之地，看上去真的不一樣。

「林東，你開了半天的車了，休息一下吧，要不要下車吃個飯？」紀建明道。

林東精神抖擻，看上去沒有絲毫的疲憊，說道：「找加油站給車加滿油，吃飯就免了，咱不是帶了乾糧的嘛，你先吃點東西，加完油之後換你開車。」

「爭分奪秒也不是你這樣的吧，路邊那麼多小飯店，吃個飯也就十來分鐘的事情。」紀建明笑道。

林東搖搖頭，「老紀，咱們在一起共事那麼久了，你還不瞭解我嗎？沒見到管蒼生，我這心裏是沒法踏實下來的。」

紀建明道：「好吧，那我先吃點。」他拿出準備的乾糧和飲料，開始補充能量。

林東找到了加油站，加滿了油，和紀建明換了個位置。

紀建明吃飽喝足，坐到了駕駛位上，說道：「林東，你快吃點東西吧。」

林東點點頭，實在是餓得很，拿出麵包就啃了起來。紀建明瞧他狼吞虎嚥的樣子，歎了口氣，真是不明白要請管蒼生有什麼用。金鼎公司已經運行得很好了，管蒼生一個外人進來，難免遭公司老員工的抵制，到時候說不定就是搬起石頭砸自己的腳。

不過林東做事一向有他的道理，紀建明很清楚這一點。以前他就經常力排眾議一意孤行，但結果證實，林東的決斷都是正確的。

進入彭城之後，路況要差了很多。彭城這一代山多，往北去更是這樣，公路蜿蜒曲折，盤山而上。紀建明開車很小心，所以一直提不起速度。林東心裏急著想見到管蒼生，加上山路顛簸，他就是想睡也睡不著，於是就一直閉著眼睛假寐。

天漸漸黑了。路越來越難開。

林東睜開眼睛，問道：「老紀，行嗎？」

路況複雜，紀建明平時只在蘇城市內開車，剛開始的時候真的是很不適應，但開了幾個小時了，他也是個老司機了，漸漸的適應了這種路況。

「沒事，放心吧。我開車都五六年了，也算是老師傅了。」紀建明呵呵笑道。

林東望著窗外路旁黑漆漆的林子，問道：「這是到哪兒了？」

紀建明道：「應該是個叫黑木林的地方，剛才路牌上寫著的，再有兩百公里就到徽縣了。管蒼生的老家還在徽縣下面的一個小村莊，林東，天已晚了。我們是不是在徽縣找個地方住下來，明天一早再過去？」

林東道：「我也有此意。晚上黑燈瞎火，鄉下的路很難走，我們路又不熟。到了那徽縣，先找人打聽一下管蒼生老家那個村子在哪兒。」

紀建明道：「嗯，就這樣辦，等到了徽縣，咱們先去喝一碗羊肉湯。我聽說徽縣的羊肉湯很有名。」

林東笑道：「也好，一天沒正經吃過東西了，我這肚子也在鬧意見了呢。」

二人一路說笑，紀建明老成穩重，開車四平八穩，終於在晚上十一點鐘左右進了徽縣。二人也沒去找什麼特別好的賓館，看到路邊有家汽車旅店就開了過去。

進了門，紀建明開口問道。

「你好，還有房嗎？」

看店的中年婦女抬起了頭，瞧了瞧剛進門的這兩人，笑道：「真是不巧，今天客人多。只剩下一間房了，二位看能否湊合一宿？」

紀建明朝林東看了一眼。徵求他的意見。中年婦女一眼就看出來這兩人中那個瘦高個的才是做主的人。

林東點點頭。

紀建明道：「一間就一間吧，那間房我們要了。」

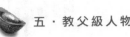

「二位把身分證拿出來登記一下。我聽你們的口音，二位也是外地人吧？」中年婦女笑問道。

紀建明道：「嗯，我們是外地來的，來你這兒投宿的外地人很多嗎？」

中年婦女道：「往常倒是很少，但今天說來也奇怪，來的都是外地人。不僅我們一家是這樣，就連這附近的旅店都客滿了，住的都是外地人，說來也真是奇怪，就好像咱們徽縣出現了金礦似的，怎麼那麼多外地人都來呢？」

紀建明笑道：「這我哪知道。我們是過來訪友的。」

「老闆娘，這兒哪有吃飯的地方？」紀建明問道。

老闆娘手一指對面，「看見了沒？對面就是家小飯店。」

二人不急著回房間，登記完了之後就直接朝對面的小飯店走去。

「嘿，竟然是羊肉湯！」紀建明看到小飯店門口豎著的燈箱上寫著的「老馬羊肉湯」幾個字，饞得直流口水。

店裏只有四張桌子，最裏面的那一張已經被三人給占了。林東和紀建明在最外面的那張桌子上坐了下來。

老闆過來問道：「二位吃點什麼？」

紀建明道：「兩碗羊肉湯，泡點饃饃。」

「好的，稍等，馬上就好。」老闆笑呵呵的忙去了，今晚的生意不錯，往日這個時候早就冷冷清清了，沒想到今晚上不停的有客人來，而且都是操著外地口音的人，個個看上去都像是很有錢的樣子。

等了不到五分鐘，兩碗熱氣騰騰的羊頭湯泡饃就被端了上來。林東在碗裏加了點辣油和蔥花，提鼻子一聞，那股子香氣勾的人肚裏的饞蟲作怪。

「哇，果然正宗！」紀建明只吃了第一口就誇道。

林東笑道：「是啊，比羊駝子的還好。」

這時，後面桌位上的三人站起了身，在桌子上放了一百塊錢，其中一個說道：「老闆，錢我放在桌子上了。」說完，三人就往門外走去。

「王總，你看我們是連夜去找管蒼生，還是明早再去呢？」

「今夜就走！」一個低沉而威嚴的聲音道。

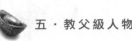

老闆看到了桌子上放著的百元大鈔，叫道：「幾位稍等，我還沒找錢呢。」

「不用找了。」

那老闆一聽這話，心裏喜滋滋的，看來是遇到了有錢的主兒了。

林東和紀建明都聽清楚了剛才那夥人的話，尤其是「管蒼生」這三個字聽得清清楚楚，字字入耳！二人狼吞虎嚥的把碗裏的羊肉湯泡饃吃完，甩下一百塊錢，迅速的朝馬路對面跑去。

汽車旅店門口停了不少好車，大多數都是外地的牌照。

紀建明道：「林東，看來有人搶在咱們前頭了。」

林東道：「看來今晚不能休息了。」

紀建明道：「嗯，咱們現在就出發，搶在他們前頭找到管蒼生。」

「欲速則不達，我們還缺個人。」林東冷靜的道。

紀建明不解，問道：「缺誰？」

「嚮導！」

紀建明這才明白過來，他和林東都是頭一次來徽縣，對此地很不熟悉，若是沒有嚮導，兩個人就是睜眼瞎，還不知道什麼時候才能找到管蒼生。

「這大半夜的，咱們去哪兒找嚮導啊？」紀建明嘀咕道。

林東朝馬路對面望去，「你看羊肉湯店的老闆行嗎？」

紀建明呵呵一笑，「我看行。」

二人穿過馬路，羊肉湯店的老闆見他倆去而復返，以為是來讓他找零的，立時就把手伸進了纏在肚子上的腰包裹，笑道：

「剛才二位急急忙忙就走了，我還沒來得及找零了，兩碗羊肉湯泡饃一共二十塊，我得找你們八十塊。」

林東笑道：「馬大哥，不需要找了。我們兄弟初來此地，人生地不熟，想找個人做嚮導。兄弟我問一下，你這店一天能有多少利潤？」

姓馬的老闆撓頭笑道：「店小利薄，一般情況下一天也就掙兩三百，好的話能到五百。」

林東道：「老馬哥，我聘你做我們的嚮導，一天給你兩千塊，幹不幹？」

老馬一聽一天兩千塊，怎能不動心，問道：「兄弟，你們到底要去哪裏？我得看看我能不能做好你們的嚮導。如果是徽縣，那你們就找對人了，早些年我是個貨郎，走街串巷，徽縣沒有我沒去過的地方。」

紀建明在腦子裏記下了管蒼生老家的地名，問道：「老馬哥，我們要去的是一個叫管家溝的地方，不知道你聽說過沒有。」

老馬略一沉吟，說道：「楊山鎮的管家溝嗎？」

紀建明笑道：「對，就是楊山鎮的管家溝！」

林東微微一笑，心道看來沒找錯人。

老馬把圍裙從腰上解了下來，笑道：「這活我接了，不過你們得先付我一天的

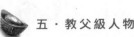

工錢。」

「沒問題。」林東從錢包裏拿出兩千塊錢，放到了老馬的手裏，「老馬哥，你點點。」

老馬笑道：「不用點，我一天到晚收錢，一摸就摸出來了。」關了店門，就跟著林東二人朝馬路對面走去。

上了車，老馬坐在副駕駛的位置上，這個位置方便他指路。由紀建明駕車，林東則坐在後排。

老馬道：「沿著門前的這條路一直往前開，要轉彎的時候我會告訴你。」

紀建明點點頭，駕車轉向，駛上了旅店門前的這條路。

「兄弟，你們這麼晚了去管家溝幹嗎？」老馬很感興趣的問道。

林東道：「找一個人。」

老馬壓低聲音道：「二位，你們不會是員警來抓捕罪犯的吧？不對啊，如果是員警，你們幹嘛不請當地的員警帶你們去啊？」

紀建明笑道：「老馬哥，我們不是員警，你瞧見有員警開大奔的嗎？」

老馬哈哈大笑，「唉，你瞧我這腦子，你們怎麼可能是員警呢，虧我想的出來。」

林東笑問道：「老馬哥，這兩天到徽縣的人多嗎？」

老馬道：「經你這麼一問，我倒是覺得有些異常，這兩天不知為什麼，不斷的有大批外地人來到徽縣，就我那小飯店就有很多人來吃飯，操著天南地北的口音。他們不會也是來找人的吧？」

老馬警覺的察覺到了這一點。

林東道：「我不確定，估計是吧。」

「你們到底要找誰？」老馬忍不住問道，他實在是想不出徽縣能有什麼人物能驚動那麼多人前來尋找。

「管蒼生！」林東說出了這三個字。

老馬搖搖頭，「沒聽說過這人。管家溝不大，我幾年前還去過，只有五十來戶人家，家家我都很熟悉，就是沒聽說過你們說的這個管蒼生。」

林東笑道：「老馬哥你沒聽說過很正常，因為管蒼生已有十幾年沒在家了。」

老馬是個閒不住嘴的人，一路上不停的講這些年他走街串巷的見聞，倒也是非常有趣。楊山鎮在徽縣的北面，離縣城大概有五十里。徽縣和懷城一樣，都是屬於國家級貧困縣，出了縣城之後，路況非常糟糕。

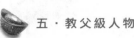

「老紀，你靠邊停著，這種路況我比較熟悉，還是我來吧。」林東道。

紀建明十分疲憊，這一路上都沒法分神，路上坑坑窪窪，一會兒就遇上一個坑，一不小心就有翻車的危險。他不敢逞強，靠邊停了車，與林東交換了位置。

老馬探腦袋到外面看了看，說道：「已經到了陳家寨的地界了。往前再開二十里就能到楊家鎮，到了楊家鎮，離管家溝就不遠了。」

林東驅車前行，越接近楊家鎮，路上的車越多，紀建明一直在觀察著路上的車輛，基本上都是與他們同一方向的。

「林東，看來不止是咱們晚上不睡覺，不睡覺的還大有人在啊。」紀建明道。

林東道：「我發現了，這一路上咱們被人超了車。也超了不少人的車，那些車都是外地的牌照，我看多半也是為了管蒼生去的。」

紀建明道：「呵呵，這個管蒼生還真是個香餑餑，那麼多人搶他。」

林東道：「咱們得加快速度了，老紀、老馬哥，你們坐穩了。我要提速了。」

話一說完，林東就加了點油門，大奔以更快的速度往前衝去。

往前開了十幾分鐘，林東心中忽然湧起了一絲不祥的感覺，也不知為何，越往前開這種感覺越強烈。他調整好呼吸，但那種不祥的預感仍未消失，心想可能是自己太緊張了，這種狀態下開快車是不應該的。

林東放緩了車速，紀建明馬上就察覺了出來。問道：「林東，怎麼了，怎麼開慢了？咱們不是要趕時間嗎？」

林東道：「老紀，我心裏有種不祥的預感，感覺到有什麼事情要發生，所以不敢開快。」

老馬道：「放心吧兄弟，這段路我走過不知道多少趟了，除了路面不平整。其他都還算好。」

「希望是我杞人憂天。」

林東微微笑道，緊繃的那根神經卻沒有放鬆半分，凝聚目力。緊緊的盯著前方，他將車速控制在可控制的範圍之內。若是有情況發生，便能從容應付。

砰！

忽然一聲巨響傳來，前面的一輛車突然失控，輪胎摩擦地面發出刺耳的聲音，撞到了路旁的樹上。林東的車緊跟在那輛車之後，中間只有十幾米距離，幸好他早有準備，才避免了追尾的危險，硬生生從那輛車旁擦了過去。跟在他後面的那輛車就沒那麼幸運了，追尾撞了上去，車子翻在了路當中，後面的多輛車因為車速太快，剎車不及，全部追尾。

慘禍橫生！

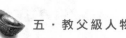

林東驚出了一身的冷汗。

紀建明嚇得嘴唇發白，剛才若是他們撞上了前面的那輛車，現在肯定已經被後面的那些車撞成稀巴爛了。他回頭望去，路中間橫躺著的那幾輛車，都已面目全非，變形的十分嚴重。

「我的老弟啊，你真是有先見之明啊，嚇死我了！」

老馬擦擦臉上的冷汗，驚魂未定，想起林東先前說感覺到了危險，心想若不是這開車的小子警覺性高，他們三個可能現在都已完了。

「現在怎麼辦？」老馬問道。

林東拿出手機，撥了救護電話，然後把電話給了老馬，「老馬哥，告訴救護中心這裏是什麼地方。」

老馬哆哆嗦嗦的拿著手機，全沒有了平時的鎮定與幽默，聲音顫抖，「這、這……是陳……陳家寨……北面……大概十里。」

三人下了車，事故現場已經亂成了一鍋粥。後面不少車子被擋住了過不來，一個勁兒的按喇叭。前面出了事故的車子裏則不時的傳來慘叫聲，林東等人上前看了一下，沒有人員受重傷。

紀建明道：「我們現在怎麼辦？」

林東道：「救護電話已經打過了，咱們沒有藥物，也不懂得急救，留下來也沒有用，我看還是抓緊時間趕路吧。」

紀建明覺得有理，和林東一起朝車子走去。老馬跑了過來，說道：「兄弟，你看這是什麼？」

老馬攤開手掌，手掌上是幾枚釘子。

林東問道：「這東西是從哪來的？」

老馬道：「路上撿來的，我剛才去看了咱們前面那輛撞到樹上去的車，發現他們爆了一個胎，我估計是被釘子扎破的。」

「路上有釘子，看來這是有人故意為之啊。」紀建明道。

老馬怒道：「太大膽了，這萬一要是出了人命，就是謀殺啊。」

林東歎道：「為達目的，不擇手段，看來這次來搶管蒼生的人當中有狠人啊！前面的路更兇險，咱們須得千萬小心。」

第六章 好友反目

秦建生心知說服管蒼生的可能性微乎其微，但他與管蒼生深交多年，
最清楚管蒼生有多大的能耐，若是被別人挖走了這個天才，
加上自己以前對他做過的事，恐怕他的金鵬投資就危險了。
他之所以遲遲不肯離開管家溝，擔心的只是管蒼生會被其他人挖走，
所以他要留下來監視管蒼生，必要的情況下，
寧願毀了這個自己曾經稱兄道弟的好友，也不能讓他成為別人手中的法寶。

三人上了車，有了前車之鑒，林東根本不敢提高車速。這一路上倒是沒一輛車跟過來。看來全部被堵在了出事的那個地方。林東和紀建明心裏都明白，放釘子在路上的那夥人為的就是攔住眾人，這樣和他們爭搶管蒼生的人就少了很多。

平安無事的到達了楊山鎮，此時已是凌晨一點多鐘了。

管家溝在楊山鎮的東面不遠，也就十來里路。一路顛簸。半小時後才到了管家溝，遠遠的就看到前面管家溝的入村處燈光四射。進村的路已經被堵得死死的。

「什麼情況，哪來的那麼多車？」

老馬從未看過這陣仗，被眼前的車海嚇呆了。管家溝進村的那條路有兩里地，這兩里路上停滿了各式各樣的車。村子裏的狗狂吠不止，看來這一夜都難安靜下來。

林東將車停了下來，三人下了車，看到眼前的陣仗。愁眉不展。

「咱們進不去了。」紀建明歎道。

管家溝夾在兩座山之間，因為村裏人都姓管，所以才叫管家溝。如今唯一進村的通道被堵住了，他們也只能站在村外遠遠的望著。

「老馬哥，抽煙。」林東遞了一根煙給老馬。

老馬點著了煙，吸了一口，知道是好煙，說道：「車子是開不進去了，不過人還是可以進去的。」

林東當機立斷，「就把車停在這兒，我們走過去。」

三人站在車旁吸了一根煙，然後就邁步往前面的車海走去。到了近前，就發現幾名大漢攔住了路。

「各位，借過一下，麻煩讓開。」

林東見眼前這幾名大漢兇神惡煞一般，看來是帶著敵意的。

那幾人像是沒聽見，只是攔住了路，動也不動。

「喂，讓你們讓開沒聽見嗎？」紀建明吼道。

為首的一名大漢一瞪眼，「叫什麼叫！我就是不讓開怎麼了？」

這大漢走上前來，伸手就想去抓紀建明的衣領。林東眼疾手快。抓住了那大漢的手腕，二人同時發力。較上了勁。那大漢見林東個子雖高，卻不魁梧，心知力量上肯定不如自己，哪知較上了勁才知自己錯得有多離譜。

半分鐘不到，大漢臉上已經滲出了汗，全身的力氣都用在了手臂上，全身的肌肉繃得緊緊的。而對面的林東的表情則非常輕鬆，似乎只要他願意，隨時都可以在力量上擊敗他。

「哥們，大家萍水相逢，我想還是不要傷了和氣，咱們同時撤手如何？」林東微微笑道。

那大漢知道了今天遇上了高人，林東之所以沒有發力，只是想在眾人面前保全他的面子，對於這一點，大漢是心存感激的，他也不想自取其辱，在手下人面前出醜，當然不會拒絕林東的提議。

「好，同時撤手！」

說完，二人同時撤去了力道。

「我們想過去，還請行個方便。」林東笑道。

大漢道：「我很想放你們過去，但是我丘七收了別人的錢，就應該忠人之事。兄弟，你一個人厲害又能怎樣？我手下有這麼多人，而且我們還有傢伙，真要是打起來，吃虧的肯定是你們。我丘七就說這麼多。」

林東看到丘七身後的小弟個個手裏都握著鋼棍，知道丘七說的不假，硬碰硬，吃虧的肯定是自己這一方。

「是誰這麼膽大，竟然敢請打手來封住入村的道路？」林東心中暗道。

丘七見林東久久未答話，說道：「兄弟，我和我的兄弟是出來混口飯吃的，別為難我們，也請你量力而行。」

紀建明盯著林東，低聲道：「進不去怎麼辦？」

林東對丘七道：「好，我賣你個面子，不從這條路進村。」

丘七笑道：「如此最好，我只管這條路，如果你從其他地方進了村，那不是我管的範圍。」

林東帶著紀建明和老馬往回走，紀建明憤憤不平，「簡直就是黑社會嘛。天一亮我就報警！」

林東看著老馬，說道：「老馬哥，咱們能不能進村現在全靠你了。」

老馬猶猶豫豫才開了口，「如果是白天，那我有辦法帶你們走別的路進村，但現在是晚上，那條路很難走，我怕你們城裏人吃不消啊。」

林東聞言大喜，「老馬哥，你真的有辦法帶我們進村？」

老馬點點頭。

紀建明道：「老馬哥，那咱就走吧，再苦再累咱們不怕。」

林東道：「老馬哥，只要你有辦法帶我們進村，我多給你一千塊！」

重賞之下必有勇夫，老馬聽說可以多拿一千塊錢，哪有不動心的道理，說道：「二位可想好了，那條路真的很難走，而且危險重重，萬一有個閃失，我可不負責賠償。」

林東道：「生死有命，出了事全賴命歹，絕不賴你，相反如果馬老哥你有個閃失，我負責醫藥費。」

老馬道：「既然你們那麼仁義，我老馬還能說什麼，不過咱得準備準備，必須有手電筒或者是火把，否則根本寸步難行。」

林東跑回車裏，找出高倩放在後車箱裏的那個盒子。盒子裏不僅有一些常見的藥物，還有一些常備的東西，手電筒就有兩把。

「你看這兩把手電筒行嗎？」林東拿著手電筒走到了老馬的身前。

老馬笑道：「這玩意是軍用的，再好不過了。」

紀建明是軍迷，一眼就看出來這兩把手電筒是軍用的，價值不菲，以為遇上了同道中人，笑問道：「老馬哥，你怎麼知道這是軍用的？」

老馬笑道：「我十七歲的時候參過軍，好歹也在部隊裏混過幾年，軍隊裏用的東西與一般的東西都不一樣，我拿在手裏掂量掂量就感覺的出來。」

「佩服佩服！」紀建明笑道。

老馬說道：「手電筒我必須拿一把，剩下的一把你們兩人共用，待會跟在我身後，你倆手牽手，緊跟著我。」

「一切聽老馬哥的指揮！」林東與紀建明同聲道。

老馬道：「進村的路只有一條，既然這條路被封死了，我只能帶你們從山上繞進村裏。不過山路難走，你們得做好心理準備。而且我聽說這山上不安全，有狼，待會上了山，你們每人都要挑一根使著順手的木棍，一來可以當做拐杖，二來萬一遇到了野狼也可以拿來防身。」

管家溝夾在兩山之間，中留一縫，便是進出村子的唯一通道。現在進村之路被堵，林東他們只能另闢蹊徑。

村旁的兩座山雖然不高，但山上草木雲集，荊棘遍佈，若是想穿行而過，當真困難得很。

老馬打著手電筒，帶著林東和紀建明朝山上走去，到了山上，停下了腳步，氣喘吁吁的說道：「這山上斷枝很多，二位趕緊挑選稱手的木棍防身吧。」

紀建明打著手電筒，說道：「林東，你先挑。」

林東點點頭，在周圍的山林裏找了一根樹枝，粗細合適，只是樹枝太長，從中折成兩段，遞了一段給紀建明，「老紀，你試試還稱手不？」

紀建明握在手裏掄了幾下，笑道：「嗯，很好，就這個了。」

老馬也挑好了目光，說道：「那咱們就繼續趕路吧。」

三人默然穿行在山林之中，走走停停，速度很慢。

「歇歇吧。」

老馬在前面停了下來，說道：「這山上獵物很多，管家溝村裏有許多好獵人，所以這山上可能會有陷阱和捕獸夾之類的東西，咱們走路的時候要千萬小心腳下，最好是踩著我的腳印走。」

林東挺感興趣的問道：「老馬哥，你也不是這村裏人，怎麼知道哪裏沒有陷阱呢？」

老馬咧嘴笑道：「我自然有我的法子，你們發現沒有，我帶你們走的地方，草木都比較少。」

林東恍然大悟，笑道：「我明白了，草木少是因為經常有人從上面走過，那一定是安全的路線。」

老馬笑道：「嗯，你說的沒錯。好了，咱們繼續往前走吧，記住我剛才說的話。」

雖然今晚的月色不錯，但密林樹木叢生。遮天蔽日，月光很難照射進來。若不是有手中的手電筒，他們幾乎是寸步難行。

二人跟在老馬的身後，都不出聲，也不知走了多久。終於走出了山林。

老馬停了下來，鬆了口氣。笑道：「謝天謝地，我們平安走出了山林，下面的路就好走了。」

林東問道：「老馬哥，還有多遠的路？」

老馬指了指山下，「你看，管家溝已經在望了。」

月光下，管家溝靜悄悄的。除了滿村不斷的狗吠聲之外，一點聲音也沒有。

老馬道：「奇怪了，這群人既然已經趕在了你們前面，為什麼還不進村？」

林東朝村口望去，果然那些車全部停在了村子外面，沒有一輛敢開進村裏。

紀建明道：「管蒼生的脾氣是出了名的怪，這次來找他的人對他都有所瞭解，所以他們都不敢深夜貿然打擾。」

林東道：「呵呵，我偏要搶在他們前面。」

老馬道：「那就走吧。」

二人跟在老馬身後朝山下走去，花了十幾分鐘走到了山腳下。他們已經進了村。

紀建明道：「這麼晚了，村裏人都在睡覺，咱們也不知道管蒼生住在哪裏，現在可怎麼辦？」

紀建明忽然發現進了村其實也就是那麼回事，他們照樣見不到管蒼生。

林東沉思了片刻，忽然將目光投向了老馬。

老馬被他看得心裏發虛，笑道：「兄弟，你瞧我幹嗎？我也不知道你們說的管蒼生是住哪裏。」

林東問道：「老馬哥，你對這個村子是不是很熟？」

老馬點點頭，「當年我做貨郎的時候經常到這裏來，怎麼啦？」

林東道：「那你把你知道的肯定不是管蒼生的家都排除掉。我們在剩下的當中排查。」

老馬聽林東這麼一說，笑道：「這主意不錯。這村子總共就五十來戶人家，我想想。」

「對了，我記得村子最東邊住的是一個孤寡老太太住的，我沒見過她家還有其他人，其他戶人家的情況我都基本清楚，沒有叫管蒼生的。」

紀建明道：「我收集到的資料上說管蒼生是有個老母親。」

「就是那家了，老馬哥，趕快帶我們過去吧。」林東興奮的說道。

老馬笑道：「好，你們跟著我，對了，手裏的棍子不要扔掉，村上的土狗多，會咬人的，要是撲了上來，掄棍子就砸。」

老馬說完，就走在了前面，林東和紀建明依舊跟在他的後面。管家村不大，他們很快就走到了村子東頭，來到了老馬所說的孤寡老太太的家門口。屋裏黑漆漆一片，林東看了看手錶，此刻已經快凌晨四點了。

「林東，咱們就站在這兒等嗎？」紀建明低聲問道。

「除了這個還能怎樣？難道你想現在去砸門？」林東道。

「唉，早知道來了也見不了，咱們不如就在旅店休息了。」紀建明歎道。

林東搖搖頭，「早來自有早來的好處，咱們站在這兒，等到明天管蒼生開門，第一個看到的就是咱們，他就知道了咱們的誠意。」

紀建明道：「管蒼生是出了名的怪脾氣，只怕他見到了我們站在他家門口，會擺臉色給我們看。到時候可真的是吃力不討好了。」

「管他是什麼脾氣，咱們費那麼大勁才來到這裏，難道就這樣退回去嗎？」林東道。

紀建明歎道：「好吧，只要你說等，我就站在這兒陪你等。」

老馬呵呵一笑，從老太太家門口的稻草堆上扯了一把稻草墊在地上，一屁股坐在了上面，點了根煙，悠然自得的抽了起來。林東和紀建明二人則像是兩尊佛像似的，站在那兒一動也不動。

凌晨五點多，東方泛起了一抹魚肚白，過了一會兒，一道曙光從地平線下冒了出來，很快化作千萬道光芒灑向大地。

寧靜的小村開始熱鬧起來，叫了一夜的狗似乎都累了，只能偶爾聽得到牠們的零星的叫聲，大公雞開始湊起了熱鬧，此起彼伏的叫著。

天亮了，老馬從地上站了起來，伸了個懶腰，看到林東和紀建明還在那兒傻傻的站著，朝老太太家的門裏看去，心想難不成這家裏出了個厲害的大人物？否則怎麼會有那麼多人來找他？

老馬說道：「二位，我說你們也站了幾個小時了，按我說也夠誠意的了。要不讓我老馬上去幫你們敲敲門？」

林東開口道：「老馬哥，多謝你了，咱們還能等，不用了。」

老馬道：「那你們站在這兒吧，餓了吧，我去村裏相熟的村民家裏弄點東西過來。」說完，就一溜煙去了。

林東和紀建明又站了一會兒，眼前的兩扇木門終於開了。

一個瘦小駝背的小老頭提著夜壺走了出來，瞧了一眼站在門外的兩人，又垂下了眼皮，拎著夜壺從他倆身邊走過，把壺裏的臭水倒在了門前的自留地裏。

這時，村外湧進了不少人，這些人也不知從哪兒得來的消息，知道管蒼生家住在村東頭，此刻都爭先恐後的朝村東頭跑來。

林東走到那小老頭身後，恭敬的問道：「您是管先生？」

那人點了點頭。

林東駭然，他在照片上看到過的那個意氣風發的管蒼生，竟然已經變成了眼前的這幅模樣，雖然他早有心理準備，仍是吃驚得很。

「管先生您好，我們是金鼎投資公司的，我們林總誠心邀請您加入我們公司。」紀建明道。

「你們找錯人了。」管蒼生冷冷的說了這一句，提著夜壺朝家裏走去。

「老管！」

此時，忽聽一聲炸雷般的聲音傳來，一個五十歲上下的大漢邁大步子跑過來，上前握住管蒼生的手。在這大漢身後，跟著的是昨晚攔住林東等人的丘七一夥人。丘七看到林東在這兒，臉上閃過一抹詫異之色，心道這小子果然不簡單，卻不知他是怎麼過來的。

管蒼生抬頭仰視，看了看眼前這個鬢角微微發白的大漢。林東發現管蒼生在那一刻握緊了拳頭。

「你也來了。」管蒼生依舊是默然的說了一句話。

這大漢便是如今僅次於陸虎成的天下第一私募的金鵬私募的大老闆秦建生，當年與管蒼生是非常要好的兄弟。

秦建生老淚直流，「兄弟，你在裏面受苦了，看到你變成了這樣子，哥哥我心裏疼啊。」

「我很好，無需你掛念。走吧。」管蒼生道。

秦建生依舊握住管蒼生的手，管蒼生使勁想掙開，他卻握得越來越緊。

「老管，你出來就好了，以後咱們兄弟合心，其力斷金，什麼陸虎成，都是狗屁，在你面前不值一提。」秦建生哈哈笑道。

管蒼生道：「請你把我的手放開，還有，我早已不是你的兄弟，你我的情誼早在十三年前你出賣我的那天結束了。」

秦建生臉上的笑容一僵，「老管，你仍對此事耿耿於懷嗎？當年我也是迫不得已，沒辦法才那樣做的啊。」

管蒼生忽然一瞪眼，渾濁的雙目忽然迸射出凌厲的光芒，「當年之事我不想再提，只是你我恩斷義絕，請不要再來打擾我了，秦、老、板！」

秦建生道：「老管，我可以走，但是你非得答應我一件事不可。」

管蒼生道：「你是要我向你許諾，從此不碰股票是吧？」

秦建生臉上閃過一抹冷笑，「老管，自你出來之後，兄弟我是夙夜難安。你知道我其實有很多的方法解決這個問題，但念在當年的情分上，所以我還是希望你能回到我身邊，與我攜手，有錢你我一起賺。如果你堅持不與我合作，那麼……唉，只怪你太厲害，我不得不為自己想條後路。」

管蒼生當年與秦建生是關係非常要好的兄弟，「六二九」國債事件秦建生其實才是真正的主使，當年是他堅持要求大舉拋售債權期貨，猛力做空國債，致使國家財政損失十幾億元。後來東窗事發，管蒼生被秦建生檢舉，因為當年秦建生並不負責實際操作，所以並無實質證據證明他是幕後主使，因檢舉有功，秦建生不僅逃脫了牢獄之災，而且將自己最親密的兄弟當做了替罪羊，送進了監牢。

後來秦建生離開了原來的證券公司，開創了金鵬投資公司，專心做起了私募。「你走吧，我早已心灰意冷。」管蒼生歎聲道，一臉的滄桑，像是早已看破了紅塵。

秦建生道：「老管，你真的不想東山再起？我有錢，你有本事，咱倆合作是如虎添翼啊，還愁霸業不成嗎！」

管蒼生看了一眼秦建生，握緊的拳頭鬆了開來，「秦建生，你還是不放心我啊。」

秦建生被管蒼生看穿了心思，面皮微熱，哈哈笑道：「老管你多慮了，兄弟我是真的需要你。」

管蒼生冷笑道：「你自己心裏怎麼想的自己清楚，帶著你的人走吧。」

秦建生道：「老管，為表誠意，我會在村外駐紮三日。三日後我再來！」

秦建生心知說服管蒼生的可能性微乎其微，但他與管蒼生深交多年，最清楚管蒼生有多大的能耐，若是被別人挖走了這個天才。加上自己以前對他做過的事，恐怕他的金鵬投資就危險了。他之所以遲遲不肯離開管家溝，擔心的只是管蒼生會被其他人挖走，他要留下來監視管蒼生，必要的情況下，他寧願毀了這個自己曾經稱兄道弟的好友，也不能讓他成為別人手中的法寶。

秦建生走到丘七身邊。低聲道：「你帶兩個人在這兒守著。」

丘七點了點頭，挑選了兩名手下。其他人跟著秦建生走了。

這時，越來越多的人湧向管蒼生家的門口。管蒼生家門口的空地不大，林東和紀建明已被擠到了週邊。

「管先生，我是開泰投資的老闆，我願意以年薪五百萬聘請你做我們公司的副總。」

「管先生，我是恒通私募的總裁，我願意以年薪八百萬聘請你做我們公司的首席顧問。」

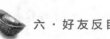

「我願意出一千萬！」

「我願意出一千五百萬！」

……

紀建明和林東站在人群外面。看著眼前這群瘋狂競價的人，若不是他們清楚此間的事情，還真會以為這裏正在進行一個拍賣會呢。二人瞠目結舌，管蒼生的價碼一路從五百萬被炒到了三千萬！

管蒼生被這群人圍著，手裏提著夜壺，想進門卻擠不出人群，只能任憑四周嘈雜的人聲灌入耳中，而他的臉色卻愈發的凝重。

「管蒼生要爆發了！」

林東忽然說道。

紀建明問道：「你怎麼知道？」

「呵呵，這群庸人竟然敢把他當做貨物一般拍賣，以管蒼生的脾氣能忍到現在，已經是難能可貴了。你仔細看他的表情。」林東笑道。

紀建明朝人群中的管蒼生望去，只見他雙拳緊握，眼瞼雖然低垂著，但是兩腮的肌肉卻不時的抽搐幾下，看來已然怒極。

「若是以前，管蒼生早就爆發了，現在竟然能忍那麼久，看來在牢裏的十三年已把他的稜角磨平了不少。」紀建明說道。

當此之時。管蒼生忽然將手裏的夜壺一掄，壺裏殘留的廢液灑了出來，濺到了圍的最近的那圈人的身上。

「哎呀，這是什麼味啊？」

人群中頓時炸開了鍋。有人捂住了口鼻，有人開始往後撤退，生怕下一個「中彈」的就是自己。

「你們，都給我滾！」

管蒼生怒目相向，佝僂的身軀裏發出一聲怒吼，竟然如虎嘯山林一般，震懾的眼前這群「小獸」惴惴不安。他拎著夜壺往門裏走去，眼前擋住他的那些人生怕自己遭殃，唯恐避之不及，慌亂亂的讓開一條路，推推搡搡，亂成了一團。

管蒼生進了門，順手就將大門關了。

「哎呀，進去了，這可怎麼辦啊？」

外面那些前來招募管蒼生的人個個不知所措，有的心裏已經打起了退堂鼓。

「哎呀，可找到你們了。」

這時，老馬笑呵呵的走了過來，手裏拎著一個袋子，「亂套了，管家村亂套了。」

紀建明急問道：「老馬哥，你慢慢說，怎麼就亂套了？」

老馬把袋子打開，掏出幾塊餡餅，遞給了林東二人，「你們趕緊吃點東西，別餓著了。」

林東和紀建明從老馬手裏接過餡餅就狼吞虎嚥起來，從昨晚到現在一直沒有進食，而且昨晚不眠不休爬山穿林，肚子裏的那點羊肉湯泡饃早就消化光了，正餓得肚子咕咕直叫。

老馬歎了口氣，娓娓道來：「我剛才到村口看了看，我的媽呀，進村的那條路塵土飛揚，也不知有多少輛車正往管家溝開來。進村的那條路上已經被車子給堵死了，我放眼望去，估摸著大概至少堵了兩里路。這群人有的似乎已經做好了長期準備，在路旁邊搭起了帳篷，正在埋鍋造飯呢。有的則進村尋找住宿的地方。好傢伙，出手闊綽，一出手就是上千塊。管家溝各家各戶都快成旅店了。」

紀建明一跺腳，「糟了，咱們倒是忘了這事，看來今晚沒地方住了。」

老馬笑道：「別急嘛，村長是我老相識了，與我交情很深。他家房多床多，我已經跟他說過了，要他不要給其他人住，今晚是你們可以隨我到他家過夜。」

紀建明大喜：「老馬哥，真是太謝謝你了。」

林東道：「老馬哥，煩請你通知村長，錢我們照給。我們三個人一天給一千塊，不知他覺得這個價錢如何？」

老馬笑道：「你們就算不給錢他也沒話說。老村長是我的知交好友，我帶去的人他估計不肯收錢。」

「那不行，如果不收錢，我看今晚我和老紀還得露宿一宿。」林東笑道。

老馬道：「兄弟，我知道你仗義，老村長那邊的工作由我來做。你們吃完了餅要是覺得睏了，現在就可以過去睡一覺。照我看，死守在這兒也不是辦法。那個管蒼生閉門不出，你們就是站上個把月又能怎樣啊！」

紀建明看了看林東，他已是一臉的疲倦，可林東這傢伙卻依然精神抖擻，一點都看不出是一夜未睡的樣子，「林東，咱們從千里外開車奔來，到現在都沒合眼，為了長久打算，咱們得休息啊。」

林東點點頭。「好，咱們現在就去老村長家休息。老馬哥，煩請你引路。」

老馬哈哈一笑，「客氣個啥，你們跟我走吧。」

三人離開了管蒼生家的門前，朝村子西邊走去，一路上遇到不少人，操著不同的口音，成群結隊浩浩蕩蕩的朝村東頭走去，看來都是去找管蒼生的。

村長家在村子中段，走了一百多米遠就到了。老馬領著林東二人進了老村長家的門。「管老哥，我把朋友帶來啦。」

老村長上前相迎。瞧見林東和紀建明都是一臉正氣儀表堂堂之輩，心想應該不是壞人，既然是老馬的朋友，就該當作自己的朋友一般對待，笑臉相迎：「二位請進屋裏坐吧。」

老村長家只有他一人，老伴在前兩年過世了，兒子兒媳都在外面打工，孫子在縣城讀高中，一個月才會回家一次。家裏的房舍卻是很多，除了堂屋的兩層小樓房，左右邊屋還有幾間房。

老村長為林東和紀建明倒了茶，茶水黑乎乎的，裏面泡著的不知是什麼東西，形狀呈橢圓形，有尖角，應該是不知名的樹葉。

「喝點茶暖暖身子。」

林東和紀建明端起來喝了一口，入口極苦，兩人若不是怕傷著老人家的面子，真想當場就吐出來。含在口中，一點點往胃裏咽，一口茶咽下去之後，只覺腦袋清醒了不少，身上的疲憊感也消失了許多。

紀建明和林東對望一眼，皆對這貌不起眼的茶水感到驚奇。

「老村長，這茶水是什麼葉子泡的？」林東笑問道。

老馬倒是先開了口，哈哈笑道：「二位嘗出這東西的好了吧？想當年我上山下鄉的做貨郎，身上每天都背著重物走路，到了管家溝的時候，也是喝了老村長泡的這茶水，我沒二位那麼好的修養，第一口喝到嘴裏就吐了。後來老村長一再要求我多喝幾口，我抹不開面子，只好硬著頭皮喝了兩口，立馬就感覺神清氣爽，也沒那麼乏了。」

紀建明笑道：「對對對，我也有這種感覺。」

老村長摸了摸白花花的鬍子，呵呵笑道：「這不是啥寶貴的東西，就是一般的樹葉罷了，瞧見院子裏的那棵樹沒有？」

二人放眼望去，紀建明驚叫道：「哎呀，這不就是柳樹嘛。」

老村長笑道：「這書的確是柳樹的一種，叫雪柳，不常見。葉子可拿來泡水喝，乍一喝會覺得非常的苦，喝慣了就不覺得了。雪柳葉泡出來的茶水有提神醒腦驅除疲勞的作用，咱們村很多人都拿著泡茶喝呢。」

林東道：「想不到能在此地喝到那麼好的茶，真是喜出望外。」

老馬道：「二位老弟，你們趕緊睡一覺吧，累了一宿了，我也得瞇會兒。」

老村長起身把林東等人帶去了房中，紀建明實在是睏極了，也不管硬板床睡得舒不舒服習不習慣，一躺下就睡著了。林東睡在他的旁邊，闔上了眼，過了一會兒，也在不知不覺中睡著了。

第七章 玉佩治病

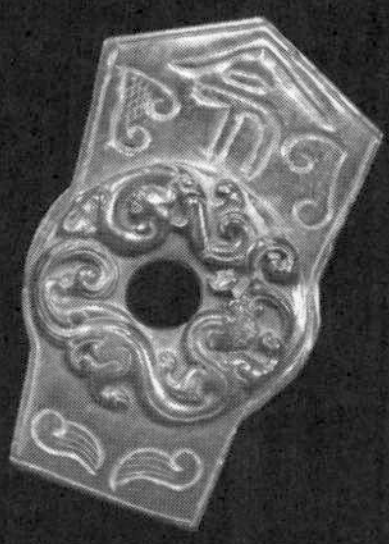

林東掀開被角，看了看張氏的膝蓋處，
那絨布之中光芒閃爍，似乎要衝破絨布，穿透而出。
那光芒雖然不是非常熾盛，卻也十分強烈，
他趕緊把被子蓋好，
若是讓其他人看到了他的寶貝，那就麻煩了。

一覺睡到中午，林東睜開眼，感受了一下身體的狀況，體力已經完全恢復了。

他拍了拍仍在沉睡的紀建明，這傢伙睡得像頭死豬，「老紀……」

叫了幾聲，紀建明仍是不醒。

林東放棄了叫醒紀建明的想法，看他熟睡的樣子，心想紀建明幾時吃過這苦頭，還是讓他睡個夠吧。他小心翼翼儘量不弄出聲響的穿好了衣服下了床，走到院子裏，見老村長正在院中曬著太陽。

這時，老馬也從屋裏走了出來，伸了個懶腰，對林東道：「睡一覺真是舒服啊！」

林東笑著點了點頭，二人端著板凳在老村長左右坐了下來。

「小夥子，你和外面的人一樣，也是來找蒼生的嗎？」老村長問道。

林東點點頭，「是啊，可惜管先生閉門不見。」

老村長道：「如果是這樣，我勸你們還是儘早回去吧。蒼生的事情我多少知道些，他是不會再離開管家溝的。」

「為什麼？」林東急問道。

老村長道：「你知道管蒼生有個老母親嗎？」

林東道：「知道，聽老馬哥說過。」

老村長道：「只要他的老母親一天不能下床走路，蒼生就一天不會離開管家溝。」

老馬道：「管老哥，我前幾年來的時候，那大娘身子骨看上去還挺不錯的啊，這是怎麼了？」

老村長歎道：「唉，你那幾年看她好好的，是因為她不知道兒子坐了牢，後來從外面打工回來的後生也不知道從哪得來的消息，說蒼生坐了牢。蒼生他娘一直以為兒子出國去了，經不住打擊，一下子就病倒了。身子骨越來越差，最近這一年更是連路都走不動了。蒼生回來之後，看到老母親這樣，撲通跪倒在老母面前，當時我在場，那孩子的眼淚嘩嘩的流啊。」

林東歎道：「唉，管蒼生竟是那麼孝順的人，看來這次我真的白來一趟了。」

老村長道：「蒼生和我說過，最大的心願就是老母親能再下地走路，你要是能請來大夫把他娘的腿疾治好，他感恩戴德，應該會答應你的要求。」

林東心中暗道：「年前我手臂骨折，正因為有玉片在身，所以別人傷筋動骨要一百天，而我不到一個星期就傷癒如初了，也不知這玉片能否治好管蒼生老母親的腿，我不妨抱著試一試的態度，若是能治好，管蒼生多半能歸我所用。」

「老村長，我祖上是行醫的，我也略懂些治療骨病的法子。如果方便，還請老村長引薦，我自當盡力為之。」

老村長盯著林東看了一會兒，怎麼看也不覺得林東像個醫生，過了好一會兒才說道：「這會兒人太多了，等到晚上吧。到時候我先去蒼生家看看，如果他願意見你，我就帶你去。如果他不願意見你，那老頭子我也不能強人所難。」

林東連聲道是。

老馬嗅了嗅鼻子，喜道：「管老哥，你鍋裏煮的什麼？好香啊！」

老村長笑道：「就你鼻子靈，我鍋裏煮著兩隻野兔呢。前些天我剛從山上獵來的，本打算等我孫子從學校回來給他補補的，既然你帶著朋友來了，理當拿出來招待客人。」

老馬豎起了大拇指：「管老哥古道熱腸，我老馬就是喜歡交你這樣的朋友。」

老村長道：「兔子肉也該爛了，你們把你們那位朋友叫醒吧，咱們吃飯。」

林東走進了房裏，叫道：「老紀，醒醒，吃午飯了。」

叫了幾聲才把紀建明叫醒。

紀建明坐起身來，伸了個懶腰：「哈，這一覺睡得真是舒服啊。」

「快穿衣服起來，老村長燉了一鍋野兔肉，咱們今天有口福了。」林東笑道。

紀建明的肚子早在睡夢中就餓了，一聽這話，口舌生津。哈喇子差點流出來，先是咽了幾口口水，麻利的穿好了衣服，和林東一起走到了門外。老村長和老馬已經開始在張羅午飯，屋子中間放著張餐桌，餐桌中間有個圓洞，圓洞下面是個煤炭爐子，爐子裏爐火正旺。

老馬端來一個鐵盆，鐵盆裏正是煮爛了的兔肉。把鐵盆往爐子上面一放。老村長拿來一些蔬菜，還切了些鹵牛肉和臘肉，笑道：「農家人的粗野吃食，兩位就將就著吃些吧。」

聞到陣陣的肉香，紀建明直流口水，笑道：「老村長，這還算粗野啊？簡直就是人間美味。」

老村長見客人喜愛，自然很高興，笑道：「既然不嫌棄，那待會就多吃些。」

四人圍著桌子坐了下來，老村長拿了一瓶當地的燒酒過來，說道：「幾位上門就是客，家裏沒什麼好招待的，將就著吃吧，這酒也不是好酒，請嘗嘗。」他把各人面前的小碗裏都倒上了酒，一瓶酒就已見了底。

老馬端起小碗。笑道：「哈哈，今天有酒有肉，要多快活有多快活，來來來，第一杯敬管老哥！」

「敬老村長！」林東和紀建明異口同聲道。

老馬是烹飪高手，在鐵盆裏的湯中加了些許作料，令兔子的肉吃起來更加鮮美。林東和紀建明很少能吃到野味，免不了大快朵頤，飽餐一頓。吃過了午飯，林東和紀建明就朝村子東頭走去。

到了管蒼生的家門口，那兒仍是堵了一圈又一圈的人。門口眾人皆是為了一個目的而來，就是請管蒼生出山，所以難免分門別類，互相敵視。林東和紀建明到了，沒引起眾人的注意，他們還沒把這兩個年輕人放在眼裏。

紀建明低聲道：「林東，管蒼生被堵在裏面，他和他老母的生活怎麼辦？」

林東道：「是啊，別的不說，總得生火做飯吧。管蒼生家的柴禾都堆在門外，他不出來，怎麼拿柴禾進去燒火？」

紀建明笑道：「要不咱們幫幫他？」

林東道：「好啊。」

二人回了老村長家，跟老村長說明情況，老村長贊同他們的做法，把他們領到了自家的屋後面，那兒堆了一堆的老樹根，笑道：「你們就劈兩個樹根吧，夠他家燒幾天的了。」

林東和紀建明弄了兩個大樹根到老村長家的院子裏，用斧子劈成了一小塊一小塊的木柴。二人忙活了一下午才把兩個大樹根劈完，把一塊塊小木柴放進了蛇皮口袋裏，然後從老村長家借了獨輪車，準備推著獨輪車把木柴送到管蒼生家。

到了管蒼生的家門口，林東見門口賭滿了人，叫道：「喂，大家讓一讓，讓車子進去。」

眾人見竟然來了一輛獨輪車，不少人笑了起來。大部分人卻是不知這兩人要搞什麼名堂。

眾人讓開了一條路，紀建明把車一直推到了管蒼生家的門口。

「哎呀，他不開門怎麼辦？」紀建明道。

林東笑道：「這還不簡單，咱們把柴禾給他扔進去。」說完，雙手抓住了一個蛇皮口袋，雙臂用力，把口袋高舉過頂，一發力扔進了院子裏。紀建明依葫蘆畫瓢，二人不到半分鐘就把幾袋子柴禾扔進了管蒼生家的院子裏。

扔完，林東站在門口叫道：「管先生，我叫林東，給您送柴禾來了。」

過了一會兒，門裏傳來管蒼生的聲音：「有心了，管某謝過。」

紀建明大喜，笑道：「嘿，這幫人在這叫了半天，管蒼生都一句話不答，還是咱們厲害，幾袋子木塊就換來了管蒼生一句謝謝。」

一件小事，舉手之勞就能讓管蒼生出聲道謝，從此事可以看出管蒼生是個知恩圖報之人，林東心想，若能將他老母親的腿疾治好，管蒼生必然能為他所用。只是他那個方法也不知有沒有效果，若是給了管蒼生希望又讓他失望，恐怕他一怒之下，自己便再無機會將這個不世出的天才收歸己用。

紀建明將臉貼在木門上，正透過木門觀察裏面的動靜。

「林東，管蒼生出來了，他把咱們的幾袋子木塊拿進了屋裏。」

林東道：「既然這樣就好了，咱們再去弄點蔬菜和肉類給他，這些都是他需要的。」

哪知林東話剛一說完，門口這幫子人全都跑光了。他們剛才聽到管蒼生對林東道謝，心中甚是羡慕，一聽說林東要去弄些蔬菜和肉類過來，個個都想在管蒼生面前表現表現，都跑去買菜去了。

「我靠，這幫傢伙真他娘的精明。」紀建明罵道。

丘七和兩個手下還在，三人正蹲在地上下棋。秦建生只是讓他在這兒守著，沒讓他做別的事情，他也對其他事情不感興趣。

「兄弟，昨晚你們是怎麼進村的？」丘七問道。

林東笑道：「走進來的。」

丘七低頭瞧見林東二人的褲腳都被什麼東西撕破了，略一琢磨，便明白他們是怎麼進來的了：「哈哈，你們也真是膽大，大晚上的敢進山，算你們走運，沒被狼吃了。」

紀建明冷冷道：「你怎麼知道這山上有狼？」

丘七道：「昨晚我親眼瞧見的，兩隻眼睛發出慘綠綠的光，泛著冷光，像鬼火似的。可惜沒帶槍，否則打兩隻把狼皮剝下來，來年做個狼皮帽子、護膝、背心之類的，那可不賴。」

林東道：「我聽說狼很記仇的，如果你殺了牠們的同伴，狼群是不會放過你的，被狼群盯上了，那可不是鬧著玩的。」

丘七笑道：「多謝提醒，丘七自有分寸。」

從管蒼生家門口離去的那群人開始湧向管家溝各家各戶，他們掏出大把的鈔票，不問價錢，購買農戶家裏的蔬菜和肉食，管家溝的蔬菜和肉食很快就被搶購一空。

農戶們雖然覺得這群人打擾了村子寧靜的生活，但並不排斥他們手中的錢。精明的農戶已經發現了商機，這麼多的人來到了管家溝，他們總得吃喝，於是就有人做起了生意，開始在進村的路上販賣起了飯菜和開水。

五點多鐘的時候，離開的那群人又成群成群的回到了管蒼生家的門前。

林東發現他們手裏或多或少的都拿著些蔬菜和肉食，和紀建明站在一邊，樂得看個熱鬧。

「管先生，我給你送豬肉來了。」

「管先生，我給你送青菜來了。」

「管先生，我給你送大白菜來了。」

「管先生，我給你送蘿蔔來了。」

「管先生，我給你送活雞來了！」

一人擠到人群前面，一手提著一隻老母雞，大吼一聲，雙臂一掄，將兩隻雞扔進了管蒼生家的院子裏。哪知管蒼生家的牆頭矮，兩隻雞一落地又飛了出來，那人一拍大腿，趕緊拔腿追去，想要把兩隻雞再抓回來。

丘七和他兩個兄弟看到這一幕，捧腹大笑，笑得眼淚都快掉下來了。

一時間，就見門外喊聲四起，菜葉亂飛，不停的有人往管蒼生家的院子裏扔東西。

「唉，老管又該發怒了。」林東搖頭笑道。

話一說完，就聽院子裏傳來一聲怒吼：「你們都給我滾，別打擾老子休息！」

管蒼生站在堂屋的門框下，看到滿院子的狼藉，他鋪在外面曬的被子上蘿蔔青菜大白菜都有，水缸裏的水也不能吃了，水面上漂了一層菜葉。

也不知哪個沒腦子的傢伙竟然拎了一袋子雞蛋走了過來，他跑得慢，村裏的蔬菜和肉類都被前面的人買光了，心想別人都有東西送管蒼生，不能就他一個空著手回去，也不知怎麼想的，竟然買了一袋子雞蛋回來。

走至門前，也沒想他買的是什麼東西，腦子一熱，竟然學著別人一樣甩手把一袋子雞蛋扔進了院子裏。袋子一出手他就發覺到不對了，為時已晚，那袋子雞蛋已經落進了院子裏。

那一刻，他似乎聽到了有什麼東西碎裂的聲音。

那袋子雞蛋不偏不倚，正好落在了管蒼生曬的被子上。

管蒼生再也忍不住了，怒氣沖沖的拉開了院門，怒吼道：「誰扔的雞蛋？」

「他！」

所有人都指向了一個身材圓滾滾的矮子，矮子自知無法抵賴，只得站了出來，腆著臉笑道：「管先生，那個……一時失手，您別生氣。」

管蒼生上前一把抓住了那矮胖子的衣領，右手連環搧了那胖子十幾個巴掌，一聲聲肉響落入當場眾人耳中，雖不是打在自己臉上，卻也知道那的確很疼。管蒼生出了一口怨氣，鬆開了那矮胖子，嘴裏蹦出一個字：「滾！」

那矮胖子知道自己是不可能請到管蒼生的了，又被管蒼生當著眾人的面如此羞辱，頓時心裏騰起熊熊怒火，叫道：「管蒼生，老子來請你是看得起你，敢打我，老子不揍死你不姓許！」

許胖子被氣昏了頭，喪失了理智。他也沒想想剩下的這幫人可都是想拉管蒼生入夥的，怎麼可能會讓他把管蒼生給打了。果然，許胖子一出手，立馬就被人攔住了，人群中幾個大漢直接架著許胖子，把他給扔了出去。

許胖子自知無法報仇，只得作罷，遠遠的朝著管蒼生的家罵了幾句，拍拍屁股走了。

「我說了，我不會跟你們任何人走的。都散了吧，站這兒一年也沒用。」管蒼生說完「砰」的一聲關上了院門。

太陽下山了，天色漸漸暗了下來，氣溫驟降。眾人開始人挨人的站在一起取暖。

老馬朝林東二人走了過來，笑道：「老村長家的飯做好了，回去吃飯吧。」

林東二人跟著老馬回到了老村長家裏，吃飯的時候。紀建明把下午發生的事情說了一遍，把老村長和老馬樂得飯都噴出來了。

老馬開玩笑的說道：「這夥人要是在管家溝住上一年，老村長，你們村可就發了。」

老村長直搖頭：「我見了他們就煩。村子裏整天鬧哄哄的，還是趕緊走吧。」

吃完了晚飯，老村長記得白天允諾林東的事情，對林東說道：「你跟我走吧，到了蒼生的家，你先在外面等我，我進去問問他，如果他願意讓你進去給他娘治病，那你就進去，如果不願意，那你就跟我回來。」

紀建明問道：「治病？」他瞪著眼睛看著林東，滿臉的疑惑，心道林東什麼時候學會治病了？

林東道：「老紀，你在老村長家等我，我跟老村長走一趟。」

紀建明雖不知林東搞什麼名堂，但也沒蠢到當面說出林東不會治病，心知他心中必有打算，在心裏期望著林東能帶著好消息回來。

老村長打著手電筒，不急不慢的朝村子東頭走去。

夜幕降臨，村中的氣溫降到了零下，朔風呼嘯吹過，將家家戶戶門前自留地裏的果樹吹得東倒西歪。

管蒼生家門口的那些人已經有好些支持不住了，林東和老村長到門口時，他發現站在管蒼生家門前的人要比下午少了一半，看來已經有人放棄了這看不到結果的死守。

眾人圍在一起取暖，這麼冷的天氣實在不是這群養尊處優的人所能承受的住的。半夜的時候還會更冷，林東估計到時候這裏的人還會少一半。

老村長走上前敲了敲門：「蒼生，是我啊，你開開門。」

門口的這群人弄得管蒼生不得安寧，管蒼生此刻正坐在屋中烤火，聽到門外傳來老村長的聲音，不知老村長為什麼這個時候會過來。他不在家的時候，老母親臥病在床，全靠老村長安排村裏人過來照顧。管蒼生心裏念著老村長的恩情，不敢怠慢了他。

管蒼生把門拉開，門外的那群人看到了他，就像是打了興奮劑似的，一個勁的叫喚。

「管先生，我是……」

「管先生，我是……」

……

管蒼生置若罔聞，對老村長笑道：「老叔，你怎麼來了？快進屋。」

放老村長進去之後，管蒼生又把門拴上了，門外之人臉上興奮的表情很快又黯淡下來，有幾個意志不堅看不到希望的人離開了，他們受不了這個苦，不願意繼續無休止的等下去。

管蒼生把老村長領到了堂屋裏，二人圍著火盆坐了下來。

老村長點著了旱煙，吐了幾個煙霧，說道：「蒼生，你娘睡了？」

管蒼生歎道：「我媽老是喊腿疼，哪能睡的著。」

這時，裏屋裏傳來管蒼生老母親軟弱無力的痛苦呻吟聲，管蒼生眉頭緊鎖，苦無辦法為老母親承擔病痛。

「找大夫治了嗎？」老村長問道。

管蒼生點點頭：「我還沒回家的時候，我妹妹就帶著我娘去醫院看過了，說是老寒腿，很嚴重，我媽年紀大了，所以就站不起來了。抓了好些藥，只是不見好，痛在老娘身上，疼在我心裏，我這心裏比誰都著急。」

老村長道：「有個人說他祖上是治骨病的名醫，說是他有法子，你要不要讓他試一試？」

管蒼生緊鎖的眉頭紓解了開來，笑道：「是誰？」

老村長道：「是個年輕人，我想你該見過的，叫林東。」

管蒼生的臉色一下子又陰沉了下去，他對林東有些印象，今天一早他一開門看到的兩個年輕人中，那個瘦高個就叫林東，只是他也清楚林東來此的目的，心想他多半是為了有機會能接近自己而編造的謊言。

「老叔，那個黃毛小子懂什麼治病！你別聽他胡說。」管蒼生冷冷道，他原先對林東印象不壞，不過卻對林東想要見他而故意編造謊言甚為不屑，心中對林東的印象大打折扣。

老村長笑道：「蒼生，你冷靜些想想，那孩子是有求於你，我這話對不？」

管蒼生想也不想的點點頭。

「既然有求於你，若是他存心騙你，對他有半分好處嗎？我看那孩子不是那種信口胡說的人，說不定真是有些門道呢。他既然敢開口，如果治不好你娘的病，你自然不會答應他任何要求。」老村長道。

管蒼生道：「老叔，你說的有理。如果他治不好我娘的病，只會讓我對他的印象更差，別說有求於我，我不拿棍子趕他走，就算對他客氣的了。」

老村長笑道：「就算只有一線希望也不要放棄，不如死馬當活馬醫，就讓那孩子試試。」

管蒼生根本不信林東有本事治病，只是抹不開老村長的面子，心想就姑且讓他試試，沒效果就趕他滾蛋，說道：「老叔，那就讓他試試吧。」

老村長含笑點點頭。

管蒼生起身朝門口走去，拉開了院門，瞧見林東，招了招手，說道：「你進來。」

頓時，林東便感到無數道灼熱的目光朝他射來，他在眾人羨慕嫉妒的目光中走進了院子裏。

木門再一次關上了。

「我靠，那小子進去了！」

人群中頓時就炸開了鍋，有人說道：「哈哈，好事啊，說不定管先生是開始挨個找人談話了，看誰給出的條件誘人就跟誰。」

「對，很有可能是這麼回事。」

越來越多的人如此安慰自己。

林東隨管蒼生走進了堂屋，管蒼生問道：「老叔說你會治骨病，可是真的？」

林東點點頭：「祖上是幹這個的，我自幼耳濡目染，多少知道些。」

自他一進屋，就感到這屋子裏生了火盆還是陰冷冷的，異常的潮濕。

管蒼生也不廢話，說道：「我老娘就在裏面，我帶你進去。」

管蒼生帶著林東進了裏屋，開了電燈，老母親正躺在床上哼哼，表情看上去十分痛苦。

一進管蒼生老母親的房間，就感到了熱烘烘的熱氣，林東掃了一眼，這一間不到十平米的小房間裏竟然放了四個火盆，只是他仍能感受得到這灼熱火氣中的濕熱。管蒼生的老母親睜開眼，看到兒子帶著老村長和一個小夥子進了房間，有氣無力的問道：「兒啊，這小夥子是誰啊？」

管蒼生笑道：「媽，你別害怕，他是我找來給你治病的。」

「今天外面亂哄哄的，到底發生什麼事了？」管蒼生的老娘張氏雖說不能下床走路，但耳朵還沒聾，不可能聽不到外面亂哄哄的聲音。

管蒼生道：「媽，你別管了，家裏沒事的。」

張氏見兒子不肯告訴他，緊張的問道：「不會是員警來抓你的吧？」

老村長道：「老嫂子，你就別瞎想了。外面的人都是蒼生以前認識的朋友，聽說他回來了，所以過來看他。」

聽了這話，張氏這才放下心來，老村長是不會騙人的。

管蒼生笑道：「媽，這位是老叔找來給你瞧病的。」

林東笑道：「大娘，我叫林東，現在要給你看病。」

「有勞了。」張氏說了一句，又閉上了眼，嘴裏斷斷續續的發出痛苦的呻吟。

林東坐在床邊，掀開蓋在張氏身上厚厚的兩床被子，抬頭對管蒼生道：「管先生，老太太是膝蓋疼嗎？」

管蒼生點點頭，心想這小子難不成還真是有些門道，說道：「對的，我娘老說膝蓋裏像是有東西，撓不到抓不著，十分的痛苦。」

林東略一沉吟，沉聲道：「管先生，你過來摸摸這被子。」

管蒼生大為不解，伸手摸了摸母親床上的被子，問道：「有什麼不對勁嗎？」

「潮嗎？」林東道。

管蒼生一點頭：「很潮。」

「病根就源於此！」林東歎道：「我一進來就感覺到了這屋裏的潮氣，老太太在這屋裏住了幾十年，濕氣入骨，年輕的時候還沒什麼，等到年老體衰。隱藏於體內的濕氣自然就會出來作怪了。膝蓋是人體最堅硬的地方，承載這人體絕大部分的力量。同時也是最脆弱的地方。許多人對膝蓋疏於保護，以致膝蓋成為濕氣最容易侵蝕之處，所以老太太才會覺得膝蓋疼。」

老村長與管蒼生皆是面露喜色，林東所言句句在理。

老村長道：「哎呀，你說的還真是不錯，咱們村有不少老年人都喊著腿疼呢。我這腿也是，一到陰天下雨，鑽心的疼啊。」

林東道：「說句不好聽的話，這是因為你們管家溝的風水不好。」

老村長道：「你還會看風水？」

林東搖搖頭，笑道：「我說的風水不是封建迷信所說的風水，我說的風水就是風水。老村長、管先生，你們聽我慢慢道來。」

老村長與管蒼生都很想聽聽林東的「高見」，二人平心靜氣，等待林東的下文。

「管家溝夾在兩山之間，兩山呈一個馬鞍的形狀將管家溝半包圍了，形成了一個天然的進風口。徽縣南面臨海，從海上吹過來的風難免帶著濕氣，風吹進了管家溝之後就被山擋住了，所以濕氣都積在了管家溝。至於水，道理就更簡單了，還是因為這兩座山。村子被兩山包圍，左右都很高，水往低處流。每逢降雨的時候，兩面山上的水全部往村子裏流，造成管家溝這個土地每年吸納的水分要比徽縣其他地方多不少。所以我推測村裏老人大多數會有腿部不適的症狀。正是因為這風、水的原因啊。」

林東分析完畢，老村長和管蒼生一臉凝重。

老村長歎道：「唉，故土難離，就算是管家溝這塊地不好，咱們祖祖輩輩都生在這裏埋在這裏，難不成還能搬離了這裏不成？」

林東道：「搬離是解決問題最徹底的方法，當然，這是你們村裏的事情，我一個外人不方便多言。」

管蒼生至此終於在心中認可了林東，心想這小子果然有一套，或許可以治好老母親的腿疾，急問道：「林先生，我老母親的腿疾可有法子治癒？」

林東道：「我有個法子可以試試。管先生，我林東有言在先，管家溝濕氣太重，即便是暫時治好了，如果老太太仍住在村裏，復發是早晚的事。」

看得出管蒼生是個極孝順的人，林東知道高位厚祿對他這種經歷了大起大落的人來說已經沒有什麼誘惑力了，只能從他最脆弱的地方下手，而老母親的腿疾無疑是管蒼生最憂心牽掛的。

管家溝濕氣太重是不爭的事實，林東這麼說並非欺騙，一來是為了老太太好，二來也是為了能把管蒼生帶出村子。

管蒼生沉默了片刻，歎道：「你且先試試你的方法，其他的容後再說。」

林東見管蒼生態度不再那麼堅決了，心中狂喜，臉上卻仍是非常平靜的表情，說道：「管先生，我祖上傳來的這個治病的法子有些特殊，待會我為老太太診治的時候，還望你和老村長都到外面等候。」

管蒼生道：「你說怎樣就怎樣，全都依你。」

林東道：「那麼請你先找一塊布給我，最好是帶絨的布料，不要太大，兩塊手帕大小就行。」

管蒼生道：「林先生稍等，我馬上給你找來。」說完，管蒼生就朝自己的房間走去，在木箱子裏找出了自己冬天穿的保暖內衣，裏面是加絨的，用剪刀剪了一大塊下來，急匆匆的遞來給林東。

「林先生，家裏只有這一塊帶絨的布料，你看行嗎？」管蒼生問道。

林東點點頭：「很好。」

他一眼就看出這是管蒼生新剪下來的，心想就為管蒼生對老母親的這份孝心，他也要盡力幫他治好老太太的腿疾，心裏祈求懷裏的玉片一定要給力，再神奇一次給他看。

「好了，我要開始診治了，煩請二位到外面等候。」

老村長和管蒼生前後離開了張氏的房間。

林東從懷裏把玉片取了下來。這玉片說來也是奇怪，林東一直帶在身上，可怎麼都捂不熱，就如一塊冷鐵一般。他看著泛著冷光的玉片，心想成敗在此一舉，在心裏禱告了一番：「天靈靈地靈靈，玉片大神請你再次顯靈吧。」

祈禱完畢，林東把玉片包在絨布裏，按了按老太太左腿的膝蓋。老太太臉色如常，又按了一下她右腿的膝蓋，老太太立馬痛快的哼了起來。

「大娘，你只有右腿疼嗎？」林東問道。

老太太含糊不清的說了一句：「是。」

林東裝模作樣的在老太太右腿膝蓋的周圍按了按，說道：「我先來幫你按摩按摩膝蓋周圍的穴道，感覺膝蓋熱了馬上告訴我。」

林東先把自己的兩隻手搓熱。然後在張氏膝蓋周圍又搓又按，不一會兒，張氏就開口了。

「小夥子，膝蓋熱了。」

林東問道：「大娘，疼痛有沒有減輕些？」

張氏道：「嗯，好點了。」

林東把裹了絨布的玉片放到張氏膝蓋上並纏好，說道：「大娘，我在你腿上放了我祖傳的藥餅子，你待會有什麼感覺，要立馬告訴我。」

張氏「嗯」了一聲。

管蒼生在一牆之隔的堂屋裏，坐立不安。圍著火盆焦急的搓著手。老村長則一口一口的抽著旱煙，煙霧繚繞，看不出是什麼表情。

「老叔，我這心裏七上八下的，那小子能行嗎？」管蒼生現在急需要一個人告訴他林東能行。

老村長笑道：「你急個啥，大不了就是他治不好你娘的老寒腿，剛才你也在場，人家小夥子說的多好。你老叔原本對他也沒什麼信心，現在我倒是覺得那孩子有點本事。耐性點等等。」

管蒼生點點頭，說道：「老叔，把煙槍借我抽一口。」

老村長笑著把煙槍遞了過去。笑道：「抽吧，這玩意是好東西，能定神。」

管蒼生接過煙槍抽了一口，煙勁十分猛烈，抽一口就嗆得他眼淚直流，不過卻十分過癮。抽了幾口之後，管蒼生真的發現自己不那麼急躁了。

林東靜靜的坐在張氏的床邊上，一秒鐘也不敢分神，凝神定心的看著張氏臉上的表情。

自他進了這間屋，張氏嘴裏就一直斷斷續續的哼個不停，不過在他把玉片纏在她的膝蓋上不久之後，林東發現張氏痛哼的頻率便慢了，起初是隔十幾秒就要哼一聲，現在半分鐘左右才會哼一聲，而且張氏臉上痛苦的表情也正在漸漸的消失。

「有效，真的有效！」

林東心中鬆了口氣，看來他這把搏對了。

「大媽，什麼感覺？」林東問道。

張氏道：「熱熱的，不那麼疼了。」

「蒼生，聽見沒有，你媽哼哼的聲音小很多了。」老村長道。

管蒼生剛才一直在強迫自己不要去想，此刻聽老村長那麼一說，放下了煙槍，專心致志的聽裏屋傳來的聲音。他心裏數著老母親哼哼的節奏，臉上漸漸浮現出了喜悅的表情。

「老叔，你聽，我媽似乎舒服些了。」

老村長哈哈一笑：「你看怎的，老叔給你介紹的人不賴吧？」

管蒼生一臉喜色，現在更加坐不住了，在堂屋裏踱來踱去，一個勁的搓手，恨不得立馬進裏屋看看情況。不過他記得林東說不許他們進去的話，所以只能強忍著想進去的衝動，心想不能惹惱了那小子，否則他拍拍屁股走人，老娘的病可怎麼辦。

不經意間，管蒼生發現他不知何時已經處於了下風，先前是林東求他，現在是他求林東了。

裏屋。

林東看了一下時間，他已將玉片纏在張氏的腿上超過了兩個小時，效果是顯而易見的，他進屋時張氏皺緊的眉頭已經完全紓解開了，就連那斷斷續續的哼哼聲，他已有一刻鐘沒聽到了。

他又問道：「大娘，現在是什麼感覺？」

這一次他連續問了幾遍，張氏都沒開口，再一看，張氏氣息平緩，不知何時已經睡著了。

林東掀開被角，看了看張氏的膝蓋處，那絨布之中光芒閃爍，似乎要衝破絨布，穿透而出。那光芒雖然不是非常熾盛，卻也十分強烈，他趕緊把被子蓋好，若是讓其他人看到了他的寶貝，那就麻煩了。

林東心想總不能攔著管蒼生不讓他見老娘，所以玉片不能放在張氏的膝蓋上太久，等到天亮之前，必須把玉片拿回來收好。

第八章

老寒腿重現生機

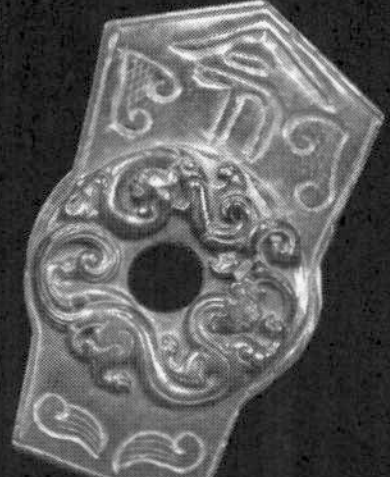

張氏一小步一小步往前走，笑道：

「蒼生，你小的時候，娘也是這麼教你走路的。那時你只有娘的小腿那麼高，娘扶住你一步一步走，一晃幾十年都過了。娘老了，不中用了，現在輪到你扶著娘了。」

管蒼生鼻子一酸，「媽，兒子回來了，以後你安心享福就是。」

這一夜過得極其緩慢，原本應該寧靜的管家溝此時燈火通明。不少村民做起了生意，在管蒼生家的門前賣起了東西，最受歡迎的當然還是吃食，尤其是那熱的燙手的雞蛋餅，一個都賣到了五十塊，沒辦法，想買的人太多，供不應求。

紀建明和老馬在老村長家待到了夜裏十二點，見林東和老村長還沒回來，兩人都坐不住了，於是便一起朝管蒼生家走去。到了管蒼生家門前，發現這裏的人比白天少點了，少了些老面孔，也多了不少新面孔，而往村東頭的路上，仍是有不少人走來。

紀建明和老馬在人群中沒看到林東，老馬笑道：「兄弟，看來林兄弟是進去了。」

紀建明搖頭笑了笑，心想不知該說是林東厲害，還是該說管蒼生好蒙，這個冒牌醫生還真的混進去了。

「兄弟，你笑啥？」老馬見紀建明笑的意味深長，忍不住問道。

紀建明道：「沒啥，就是覺得可笑。老馬哥，你瞧瞧這麼些人低三下四就為了見見管蒼生，值得嗎？」

老馬哈哈笑道：「值啥值，一幫蠢貨，還是林兄弟厲害，到現在只他一個進了管蒼生的家。」

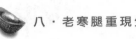

紀建明深吸了口氣，他並不樂觀，心想管蒼生多半是病急亂投醫，林東最多只能蒙混一時，若治不好他娘的病，進去了又能怎樣，說不準會被管蒼生轟出來呢。

紀建明望著眼前熙熙攘攘的人群，心裏冒出來一個念頭，如果林東真的被管蒼生趕了出來，那也不失為一件好事。他在心裏做了一個設想，如果林東把管蒼生帶到了金鼎投資公司，管蒼生顯然是不會甘於屈居人下的，那樣勢必要爬到他們這幫「元老」的頭上，到時候這幫「元老」們會服氣嗎？他幾乎不用想，崔廣才他們顯然是不會服氣的，弄個不好，處處抵制，到時候公司裏會鬧翻天。

老馬道：「兄弟，咱們是回去等，還是在這兒等？」

紀建明道：「老馬哥，我留下來等等林東，你如果想回去就回去吧。」

老馬笑道：「這裏這麼熱鬧，我回去幹嗎？不回去。」

「那咱們就一起等。」紀建明笑道。

老馬是個閒不住的人，和紀建明聊了一會就鑽進了人群中，支棱起耳朵，開始探聽這群人都在聊什麼。

管蒼生在堂屋裏實在是坐不住了，忍不住朝裏屋裏叫道：「林先生，要不要我送點熱水給你喝喝？」他其實是想進去看看裏面的情形。

林東看了一下時間，已是凌晨四點，心想大概可以了，於是便將玉片從張氏的膝蓋上拿了下來，物歸原位，迅速的掛在了脖子上，貼肉放好。

「管先生，你進來吧。」

管蒼生大喜，朝老村長望了一眼，老村長也馬上站了起來，和他一起進了裏屋。

「媽……」

管蒼生進了房間就叫道，連續叫了幾聲，張氏就是不答話。

林東笑道：「管先生，老太太睡著了。我先出去。」

老村長朝床上看了一眼，和林東一起來到了堂屋。他剛才看到張氏臉上的表情平靜安詳，看樣子是睡得很香，心想林東這小子還真是有幾下子。

管蒼生留在老母親的房間裏，坐在床頭，自他回家之後，發現老母親每晚都不能安睡，一聲聲的喊疼。他少盡了十幾年孝道，反而連累老母親為他擔心，因而十分愧疚，每夜都在旁侍奉。

看到母親睡得那麼沉那麼香，管蒼生喜極淚下。他是個恩怨分明之人，知道母親之所以能安睡，全靠了林東一雙巧手，心想這份恩情，必然得報。管蒼生清楚林東來此尋他的目的，他本想此生再不碰股票，但若要報恩，估計難免又要重操舊業。

「唉，百善孝為先。他既然有法子醫治我老母的腿疾，我也只能任他驅馳了。」管蒼生在心裏已經做好了跟隨林東的準備。

堂屋裏火盆中的炭火漸漸弱了，黎明時分，外面天空的黑暗上方似乎正孕育著光明。

林東和老村長坐在火盆周圍，老村長往火盆裏添了幾塊木塊。

林東說道：「老村長，勞煩您陪我一宿，林東心裏很是過意不去。」

老村長笑道：「沒什麼，老頭子我是個愛看熱鬧的人，別看我年紀大，但好奇心重著呢，我也很想看看你是怎樣治療我那老嫂子的腿疾的。」

林東道：「可惜沒讓你看著。」

「你不讓看自然有你的難處，這個我不怪你。」老村長笑道。

外面傳來了一聲雞鳴，繼而，全村的公雞似乎都醒了，此起彼伏的打鳴聲迴盪在管家溝這個小村中。

管蒼生從老母親的房間裏走了出來，兩眼通紅，看得出是剛哭過。

林東站了起來，笑道：「管先生，我還是那句話，管家溝濕氣太重，老太太的老寒腿是頑疾，不可住在村裏。」

管蒼生知道林東話中的意思，但有意想考驗林東是否有誠心，也想看看林東的人品如何，便說道：「你先回去吧，容我想想。」

林東本以為管蒼生會說出跟隨他的話，沒想到管蒼生還要再想，只能耐著性子，笑道：「那林東告辭了。」

老村長也起身朝外面走去，管蒼生跟在後面，把二人送到了門外。

木門終於又開了，凍了一夜也在門外守候了一夜的眾人立馬沸騰了，「管先生」的叫個不停。

管蒼生將二人送到門外，轉身又進了院中，木門再一次關上了。

這時，紀建明和老馬看到林東和老村長從管蒼生的家裏走了出來，二人趕緊迎了上來。

紀建明見剛才管蒼生對林東的態度好像十分客氣，十分的不解，心想難道這傢伙還真的會治病，他把林東拉到一邊，低聲問道：「我說冒牌醫生，你怎麼沒被趕出來？」

林東笑道：「哈哈，我厲害著呢，怎麼可能被趕出來。」

紀建明驚問道：「你不會是真的藏了幾手吧？沒聽說過你還會治病啊。」

林東道：「這個以後有機會再跟你說，外面的情況怎麼樣？」

紀建明不容樂觀的說道：「人越來越多了，走了一批來了更大的一批，看來這些人是得不到管蒼生就不死心啊。」

林東笑道：「人再多也沒有用，管蒼生是我的了。」

紀建明見林東似乎勝券在握，心往下一沉，看來他極不想看到的局面似乎真的要來了，「你有幾分把握？」

「八分以上！」林東非常肯定的說道。

紀建明歎了口氣，「唉……」

林東知道他心中所想，但他與紀建明的立場不同，他從公司老闆的角度上去看待問題，金鼎公司不能永遠依賴他一個人，一個人強不是強，一群人強那才是強啊，像管蒼生這樣的天才，他豈能錯失！

老馬和老村長走了過來，老馬摸著肚子，哈哈笑道：「在這吹了一晚上的風，肚子餓了。」

老村長笑道：「都回去吧，回去煮熱湯，每人喝幾碗，然後舒舒服服睡一覺。」

林東確實也餓了，於是便跟在老村長身後，四個人往村子西頭走去。

天漸漸亮了，又有一幫人從車裏、帳篷裏和農戶家裏走了出來，往村子東頭去的路上，一小股一小股的人馬絡繹不絕，源源不斷的往管蒼生家的門口走來。太陽出來之後，氣溫逐漸升高，晚上抱團取暖的人群慢慢的分散了開來，大夥兒再一次以相互敵視的目光看待彼此。

丘七在稻草堆裏掏了個洞，昨晚半夜之後他就鑽進了那洞裏，雖然不舒服，卻非常的暖和，美美的睡了一覺，此刻才醒過來，從洞裏鑽了出來，見管蒼生家門前的人不僅沒少，反而越來越多了，大感頭疼，這樣下去，也不知道什麼時候才是個頭。早知道這樣，他就該向秦建生多要點錢。

老馬在老村長家裏做了一鍋湯麵，湯是昨天中午煮野兔的湯，味道鮮美且有營養，拿來下麵條是最好不過的了，煮出來的麵條香氣四溢，勾人饞蟲。林東一口氣吃了三大碗，這才放下飯碗，滿足的摸了摸肚子，感覺全身上下都是熱乎乎的。

「大夥兒昨晚都沒睡覺，現在吃飽喝足了，抓緊時間睡一覺。」老村長笑道。

林東與紀建明已經和老村長處熟了，也就不客氣，進了房就上床睡了。二人一夜未睡，都很疲憊，頭一碰到枕頭，很快就進入了夢鄉。

張氏一覺睡到上午七八點，太陽曬進了屋裏她才醒來。

管蒼生此時正在廚房裏燒飯，他見母親睡得這麼香，心想老母親醒來後一定很餓，於是就打算煮一鍋山芋稀飯給她吃。

張氏坐了起來，隱約記得昨晚兒子帶了個年輕人進來，說是給她治病的，她忽然感到膝蓋那兒不怎麼疼了，於是試著彎了彎。以前膝蓋僵硬的已經不能動了，哪知這一彎之下才發現已經能動了，只是還微微有些疼。

張氏心中大喜，看來昨晚是有人來給她治過了。她感覺腿上的力氣似乎又回來了，於是試著站起來。她雙臂撐著床，慢慢的把力量轉移到腿上，直到不再需要雙臂來支撐身體。

張氏慢慢的直起了腰，她站起來了！

「蒼生，我兒啊……」

管蒼生正在灶台後面燒火，忽然聽到老母親的叫聲，扔了燒火棍，馬上就朝老母親的房裏跑去。

進了屋裏，看到老母親站在床上，老淚縱橫。

「兒啊，娘站起來了，站起來了……」張氏含淚笑道。

管蒼生撲倒在老母親面前，眼淚忍不住決堤狂湧，「媽呀，你終於站起來了……」

母子倆喜極而泣，抱在一起哭了好一會兒。

張氏先止住了眼淚，說道：「兒啊，不哭了，你告訴我，昨晚的醫生是哪兒請的？」

管蒼生道：「那人是老叔帶來的，老叔說他會治病，起先我還不信，現在我是徹底信了。」

張氏道：「那是娘的大恩人，現在人在哪呢？」

「走了。」管蒼生道。

張氏「哎呀」叫了一聲，「兒啊，你怎麼能讓恩人就這麼走了呢，娘還沒跟他當面道謝呢。」

管蒼生道：「媽，你別著急，他還在村上，就住在老叔家裏。」

張氏說道：「這我就放心了，你午飯前去把人請來，擺一桌好酒菜答謝人家，娘也要向他當面致謝。對了，打電話給你妹妹慧珠，讓她回家燒菜，你燒的菜不好吃，可別怠慢了恩人。」

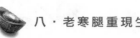

管蒼生笑道：「媽，你歇著吧，我現在就去打電話。」

張氏笑道：「歇什麼歇，我都窩在床上半年了，娘要下床走動走動。」

管蒼生打了個電話給了他的親妹子慧珠，慧珠聽說老母親能站起來，激動的在電話裏就哭了。

「慧珠，你從鎮上帶點酒菜過來，趕緊過來張羅午飯，媽說要請恩人吃飯。」

管蒼生在電話裏說道，管慧珠掛了電話，馬上就推了自行車出了家門。

管蒼生把老母親的拐杖找了出來，拿進了老母親的房裏。張氏已經穿好了衣服，正在穿鞋子。

管蒼生彎下腰，「媽，您拿著拐杖，我來替您繫鞋帶。」

張氏瞧著蹲在地上為她繫鞋帶的兒子，目光無比的柔和起來，不管兒子是否坐過牢，總算現在是回來了，母子能夠團圓，她已經很滿足了。

穿好了鞋子，管蒼生扶住母親站了起來，「媽，你慢慢的往前邁步，不要著急。」

張氏聽兒子的話，一小步一小步往前走，笑道：「蒼生，你小的時候，娘也是這麼教你走路的。那時候你只有娘的小腿那麼高，娘扶住你一步一步往前走，一晃幾十年都過去了。娘老了，不中用了，現在輪到你扶著娘了。」

管蒼生鼻子一酸，「媽，兒子回來了，以後你就別操心了，安心享福就是。」

老母親歎道：「娘操心的事情還多著呢，你四十幾歲的人了，到現在連個媳婦都沒有。以前你風光的時候，成群的女孩貼著你。那時候娘就告訴你說讓你找個真心真意對你好的女孩好好過日子，可你不聽娘的。如果當初有個女人管著你，娘覺得你也不至於坐那麼多年牢。」

管蒼生笑道：「這算個啥事，您不就是想看兒媳婦嘛，我給您找一個就是了。」

張氏把拐杖往地上猛地一戳，不高興的說道：「又胡說八道，你可別再把這事當兒戲了，要認真對待。給娘找個踏踏實實能跟你過日子的，哪怕是醜一點，你那麼大年紀了，現在又是兩手空空，不要有太高的要求。」

管蒼生笑道：「誰說我兩手空空了？錢對於我而言不是問題，召之即來揮之即去。你兒子別的不會，最大的本事就是會變錢。」

張氏聽了直搖頭。十幾年前她這兒子跟她這麼說過，十幾年過去了，卻還是那麼說，看來蹲了十幾年的大獄也沒能改變他。

「兒啊，你大白天的關著門幹嗎？」張氏問道。

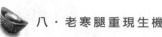

管蒼生道：「媽，我這是不想有人來打擾你，外面有一群蒼蠅，煩人得很。」

張氏道：「你老叔昨晚不是說外面都是你的朋友嗎？朋友來了哪有不讓進門的道理，快放人進來。」

管蒼生道：「老叔那樣說是不想讓您擔心，你兒子已經沒有朋友了，我之所以坐了十幾年牢，全都是朋友所賜。」

管蒼生說這話時，咬牙切齒的神態甚是嚇人。

張氏歎道：「兒啊，什麼都過去了，做人要往前面看，過去的都追不回來了，把以後的日子過好就行。」

張氏臥床半年，久未走動，管蒼生扶著老母親走了一會兒，張氏就有些氣喘了。

管蒼生道：「媽，我扶你進屋歇息吧？」

張氏點點頭。

管慧珠買了酒菜就騎車往娘家來了。到了入村的那條路上，只見路上停滿了各式各樣的汽車，心中甚是奇怪。平時這裏只有村裏有人結婚才能看到轎車，管慧珠見這堵了兩里路的陣勢，心想就是在他們徽縣的縣城，她也沒見過那麼多的車。

車是沒法騎了，管慧珠只能下車推著車慢慢的往前走，一路上生怕她的自行車碰壞了別人的汽車。十分的小心，推著車穿梭在車海中，費了好大的力氣才進了村。

到了娘家門前。發現門口圍了許多人，粗略估算了一下。應該有兩三百人那麼多，就連左鄰右舍的門口也擠滿了陌生人。這些面孔都很陌生，管慧珠一度產生了錯覺，心想自己是不是走錯了？

眾人見她推車到了門前，有好事的立馬就上來問道：「喂，小娘皮，你找誰？」

管慧珠見這人出言不遜，不愛搭理他，朝著門裏叫道：「哥，我到了，快來開門啊。」

眾人聽了這話，都知道這婦女是管蒼生的妹子，爭著搶著上來巴結討好。有的誇她貌美如花，有的誇她肌膚勝雪，有的誇她身材婀娜，有的誇她天生貴相，還有的……當真是說什麼的都有。

眾人七嘴八舌，管慧珠根本聽不清他們說什麼，只覺這群人甚是噁心，把車子往院牆上一靠，雙手叉腰，撒潑似的罵道：「哪來的王八羔子？在老娘家門前嚷嚷個啥，都給我有多遠滾多遠！」

眾人沒想到管蒼生的妹妹那麼剽悍，離得近的被濺了一臉吐沫星子，離的遠的覺得被剛才的聲音震得耳膜發麻，紛紛往後退了幾步，有的人都退到了管蒼生家門口的自留地裏，踩爛了不少冬白菜。

管蒼生把門拉開，看到了妹妹，笑道：「慧珠，你來了，快進來。」門口的那群人又開始嚷嚷起來，「管先生管先生」的叫個不停。管慧珠推著車進了院子。

管蒼生站在門口，老母親重新站了起來，他今天的心情相當不錯，於是就多說了幾句話，「我說各位不要再無謂的站下去了，管某是不會跟你們走的。這大冷的天，各位有福不享，在這兒站著，這是何苦呢？」

說完，他「砰」的一聲關上了院門。

哪知他的一番好意卻引來眾人的多種揣測。有人說管蒼生今天說了那麼多話，證明他已經動了心，只要再堅持下去，必然能打動他。有人說管蒼生看上去心情不錯，看來並不反感他們在他家門外站著。

「媽呢？」管慧珠一進門就問道。

管蒼生笑道：「媽在屋裏歇著呢。」

「媽真的能走了？」管慧珠沒有親眼看見，所以不敢相信。

管蒼生道：「哥還能騙你不成？剛才我還扶著媽在院子裏散了一會兒步呢。」

張氏在房裏聽到了女兒的聲音，問道：「是珠兒嗎？」

管慧珠叫道：「媽，是我。」

張氏拄著拐杖從屋裏走了出來，管慧珠看到老母親真的能站起來走路了，高興的跳了起來，幾步就跑到了老母親身旁。

「媽，哪個大夫那麼厲害把你的老寒腿治好了？」

張氏道：「是個年輕人。珠兒，你趕緊去整一桌酒菜，中午我讓你哥去把哪個年輕人請到家裏來，咱們一家得好好謝謝他。」

管慧珠點頭道：「好，我這就去，媽，你還是進屋歇著吧。」

管慧珠進了廚房，管蒼生負責給她打下手和燒火。快到中午的時候，管慧珠提醒了她哥一句，「哥，你得早點去請恩人，去晚了人吃過了咱就白忙活了。」

管蒼生笑道：「是啊，我差點忘了這事，那我去了。」

管蒼生洗淨了手，開門往門外走去。門口那群人把他圍的裏裏外外不知多少層，管蒼生走路都難，他本來不想發脾氣，實在忍不住了，怒吼道：「都給我滾開！」

眾人見他發怒，迅速的讓開了一條路。管蒼生邁著步子往老村長家走去，後面跟了一大隊人。眾人害怕挨罵，都只是不遠不近的跟著，不敢靠得太近。

到了老村長家，管蒼生見老村長在門口曬太陽，問道：「老叔，林先生呢？」

老村長指了指屋裏，說道：「還在睡覺，怎麼啦？」

管蒼生道：「沒事，我過來請他去家吃飯。老叔，我媽今早起來後，能站起來了。」

「哦，那小子真是神了！」老村長大聲說道。

管蒼生道：「他還在睡覺，我就不打擾了，待會醒來後麻煩老叔你通知一聲，我在家擺好了酒菜等你們，老叔，你也一定要來啊。」

老村長道：「我記住了，你回去吧。」

管蒼生從老村長家裏出來，身後依舊跟著那群人，浩浩蕩蕩，他就像是統兵的大將，身後的兵士如長龍一般。

第九章 生平第一大遺憾

陸虎成哈哈笑道：「我來此絕不是為了請先生出山相助的，只是為了一睹先生風采，與先生再痛飲一番。陸某心中一直有個遺憾，當年陸某興起之時，先生已經身處囹圄，未能與先生同場競技，實乃我生平第一大遺憾！今日陸某前來，就是盼著先生能再次出山，好與先生堂堂正正的過幾招！」

林東心中叫了聲好，旁人最害怕就是與管蒼生為敵，而陸虎成竟盼著與管蒼生交手。只這份狂妄，便值得林東喝彩！

到了中午，林東醒來之後走到院子裏，看到了正在抽煙曬太陽的老村長。

老村長道：「小林，蒼生剛才來找過你了，請你和我去他家吃飯呢，你什麼意見，去還是不去？」

林東笑道：「為啥不去，當然要去了。」

老村長笑道：「那咱們就走吧。」

老村長和林東往管蒼生家走去，到了那兒，門口還是有那麼多人，唯一的變化就是管蒼生家的院門終於敞開了。

二人走進了院子裏，管蒼生立馬迎了上來。

「老叔、林先生裏邊請，菜都好了，就等你們了。」

管慧珠聽到了聲音，趕忙跑出來看看恩人長得什麼模樣，一見是二十多歲的小夥子，心想這麼年輕就有那麼高明的醫術，小夥子前途不可限量啊。

「慧珠，上菜吧。」管蒼生道。

管慧珠進了廚房，把放在鍋裏保溫的菜一道道端到了桌子上。

這時，張氏拄著拐杖從房裏走了出來，到了林東身前，握住了他的手，眼淚直流，「我以為這輩子都站不起來了，小夥子，感謝你啊，是你讓我重新站了起來，你是咱們家的大恩人。」

林東看到張氏臉上因重新獲得行走能力，而表現出的激動與喜悅之色，心裏也是一陣溫暖，就算是他最終得不到管蒼生，心裏這份助人為樂的滿足也是非常寶貴的。

管蒼生道：「媽，你就別握著林先生的手了，讓人家坐下來吃飯吧。」

張氏一笑：「哎呀，老太太一激動啥都忘了，林先生，快請坐吧。」

管蒼生招呼林東和老村長坐下，剛開了酒瓶，打算給他們倒酒，就聽一陣驚天動地的吵鬧聲從村口傳了過來，好像又有人往這邊過來了，這是他的第一反應。

林東眉頭一皺，這麼大的動靜，不會是村口那邊打起來了吧？

「來來來，我們喝酒。」管蒼生決定了不理外面的事情，打出人頭狗腦子來也不關他的事，端起酒杯說道。

林東也端起了酒杯，一飲而盡。

張氏破例喝了一杯酒：「林先生，你是我的大恩人，我敬你一杯。」

林東笑道：「大娘你敬我我可擔不起，還是我敬你吧，祝你身體健康萬事如意。」

張氏也不多說什麼，喝了一小杯。

管蒼生聽到那響聲越來越近，眉頭緊皺，對妹妹說道：「慧珠，你帶媽去屋裏休息，陪媽聊聊。」

管慧珠點點頭，攙著老母親朝房裏走去。

「外面是不是出事情了？」老村長道。

管蒼生笑道：「管他呢，老叔，咱們喝酒吃菜，外面的事情別關心。」

老村長面色沉重：「蒼生，這是在管家溝，出了事能不關我的事嗎？我看動靜不小，搞不好是打起來了呢。」

管蒼生知道老村長責任心重，沉聲道：「那要不我去看看？」

老村長朝林東露出抱歉的表情，笑道：「小林，招待不周，村裏出事了，我們得去看看。」

林東笑道：「沒事，老村長、管先生，我和你們一起過去。」

三人起身往門外走去，剛走到院子裏，就聽到外面亂哄哄的聲音。林東仔細辨別了一下這雜亂的聲音。似乎在吵鬧的人聲中還夾雜著雜亂的腳步聲。

只聽一人聲如虎吼一般，叫道：「管先生在家嗎？」

人未至，聲先到，門前的眾人紛紛避讓。

林東眉頭一皺，這人的聲音很是熟悉，他還沒想出來是誰，那人人高腿長。已走到了人前。林東眼前一亮，來的竟是陸虎成，天下第一私募的陸虎成！

陸虎成身披風衣，疾步如風，所過之處，眾人紛紛避讓。他的名字私募界無人不知，他的長相也為眾人所熟悉。在場眾人沒有想到的是，這個業內巨鱷也來了。陸虎成來了，這讓大多數人深感絕望，他們這些人哪裏有實力跟陸虎成爭人！不過就連陸虎成這個猛人都來搶管蒼生。看來他們這一趟並非白來，至少證明自己的眼光並沒有錯。

「大哥！」

林東十分激動，上前幾步，與陸虎成照了個面。陸虎成冷峻的面容閃出一抹笑容，微微笑道：「兄弟，你也來了。」

陸虎成並沒與林東多說，邁步朝管蒼生走去。眾人雖心知這次白來了，但並不覺得後悔。陸虎成來了，這下可有好戲看了。

林東看到陸虎成和他的那個隨從臉上都有些傷口。衣服上也有不少泥土，看來是在進村的時候和人動過手了。忽覺背後冷光射來，林東扭頭一看，秦建生正站在人群中，冷冷的看著這裏。

林東想起昨日早上秦建生說過的話，秦建生最害怕的就是管蒼生被他人所用，更何況來的是陸虎成！管蒼生的能力與陸虎成的財力，一旦二者結合到一起，只要管蒼生願意，彈手指間就能帶給秦建生的金鵬投資毀滅性的打擊。

「大哥剛才一定是在進村的時候與秦建生產生的衝突。」林東心中暗道，再一看秦建生那夥人個個臉上掛彩，看來並沒有仗著人多而占到便宜。

陸虎成在管蒼生面前幾步停了下來，恭恭敬敬的鞠了一躬，在場眾人無不譁然，一向桀驁不馴目中無人的天下第一私募的頭領，竟然向管蒼生行了那麼大的禮！

「管先生，在下陸虎成，不知先生是否還記得在下？」

管蒼生凝目看著對面的這個大漢，他能感受得到從此人身上散發出來的那種霸氣，時隔多年，他雖認不出陸虎成的容貌，但這種霸氣卻是對方獨有的，他這輩子遇見的人當中也只有十幾年前那個落魄的漢子身上有。

管蒼生呵呵一笑：「十五年前，我與你在西江風波渡曾有一唔，時隔多年，閣下已化龍騰空，可喜可賀啊。」

林東心中一驚，原來陸虎成與管蒼生以前竟是認識的，不知這兩位業界不世出的天才當年在西江岸邊暢談過什麼？

陸虎成仰天長歎，似在追憶往昔，不甚感慨：

「當年我與先生臨江垂釣，坐而辯論天下時事，喝烈酒論英雄，何等快哉！在下當時失魂落魄，終日惶惶不知如何度過，蒙先生不棄，加以點撥。若不是得先生激發，我陸虎成早已沉淪泯為眾人矣！後來我得知先生入獄，幾次三番想要去探望先生，但心想先生必然不願在那種場合與我相見，於是便壓住了心中衝動，只等先生重見天日再相聚共飲。」

此時，秦建生邁步上前，哈哈笑道：「陸虎成，你又何必假意惺惺，當年你見我兄弟鋃鐺入獄，不念舊日恩情，早將我兄弟視作腳底爛泥，唯恐甩之不掉，何曾想過要去看一樣？現在得知我兄弟出獄，生怕他東山再起，奪了你天下第一私募的名頭，所以來這裏惺惺作態，為的不過是想要拉攏我的兄弟為你所用！」

管蒼生看著吐液橫飛的秦建生，掩飾不住眼中的厭惡：

「秦建生，我說過，我早已不再是你的兄弟，我為何會蹲了十三年大獄，這一點你比我還清楚！相反，陸兄弟深明我心，我實在不想在獄中見人。當年我在西江風波渡的岸邊垂釣，他也在。我見他心思根本不在釣魚上面，一口一口的往下灌。從他身上看到了怨懟與憤懣，也從他身上看到了無窮的潛力。於是我在想一個人究竟是經歷過了什麼才會如此這般憤世嫉俗？忍不住心中的好奇，便與陸兄弟攀談起來。」

陸虎成哈哈笑道：「是啊，當年我憤世嫉俗，只覺天下間除了酒之外，再沒有什麼能入得了我的雙眼，甚至覺得天下人人面目可憎，有愧於我。萬事萬物醜陋鄙俗。若不是得到先生和另一位高人點撥，我陸虎成說不定早已死了。」

秦建生心中只有一個想法，那就是絕對不能讓管蒼生和陸虎成合作，逼不得已，他只有動用武力。

「陸虎成，任你說的滿天飛，又有什麼用？在場哪個人不知道你來此的目的？」秦建生轉而朝眾人看去，揚聲道：「大家聽秦某一言，我身邊的這人叫陸虎成，相信大家無人不識，這些年他日益驕橫猖狂。被他公司打壓垮台的同行不計其數，有不少人被他逼得跳樓身亡，一死以求解脫。有多少人因他家破人亡，妻離子散！如今他竟還想來拉攏管蒼生，不需秦某多言，如果他倆勾搭在一起，還有咱們生存的空間嗎？」

陸虎成的龍潛私募現在在私募界已經呈現出了一家獨大的局面，眾人都很清楚。如果讓他得到了管蒼生，正如秦建生所言，他們的生存空間將越來越小。這一刻，眾人心中都有一個想法，必須要阻止陸虎成得到管蒼生！

秦建生一眼掃過，看到眾人臉上緊張的神情，他知道這些人都已成為了他的同盟，心中不免得意起來，人多力量大，心想只要他稍加點火，陸虎成今天想安全離開管家溝都難。

管蒼生看著陸虎成，說道：「陸兄弟，你今天來的目的不是和外面的這群人一樣吧？」

陸虎成哈哈笑道：「我來此絕不是為了請先生出山相助的，只是為了一睹先生風采，與先生再痛飲一番。這些年來陸某心中一直有個遺憾，當年陸某興起之時，先生已經身處囹圄，未能與先生同場競技，實乃我生平第一大遺憾！今日陸某前來，就是盼著先生能再次出山，好與先生堂堂正正的過幾招！」

林東心中暗暗叫了聲好，陸虎成就是陸虎成，旁人都在千方百計的想要得到管蒼生，最害怕的就是與他為敵，而陸虎成竟然盼著與管蒼生交手。只這份狂妄，便值得林東喝彩！

管蒼生微微一笑：「陸兄弟，十多年過去了，你這份倨傲，天下間仍是找不出第二個。」

秦建生臉上的笑容一僵，以不可思議的目光看著陸虎成：「姓陸的，你別在這兒抖你的高風亮節了，誰不清楚你的想法？明裏一套暗裏一套，說不想得到管蒼生，鬼才相信！」

陸虎成道：「秦建生，我陸某一個吐沫一個釘，你愛信不信，我懶得解釋，只是請你滾遠點，不要在我耳邊聒噪，擾了我和管先生喝酒的興致。」

秦建生道：「陸虎成，你不要太猖狂！這是什麼地方，你以為是你的龍潛大廈嗎？這是管家溝，不是你作威作福的地方。你可以來，為什麼我不能來？你有本事把我們這些人全部都趕走啊！」

管蒼生冷冷道：「秦建生，你現在腳踩在我家門前的地上，我是不是有理由請你離開呢？」

秦建生最清楚管蒼生的能力，若是他再次出山，必然會給自己造成極大的麻煩，他當然不肯乖乖離開，冷笑道：「老管，昨天在你家門口你答應過我什麼？你說你不會再碰股票的，對不對？」

林東昨天也在場，這話他也聽到過，心想管蒼生若是被秦建生逼得在眾人面前許諾日後不再碰股票，那麼他前面費盡心機就都是無用功了，當下走到人前，目光一掃，定在秦建生的臉上：「秦老闆，我想管先生應該有他選擇的自由。」

秦建生不認識林東，怒喝道：「你算個什麼東西，這裏有你說話的地方嗎？」

林東雙目之中寒光熾盛，秦建生只覺似有兩道箭朝他射來似的，不由得心神震顫，險些往後退了幾步。他心中震駭，這個不知名的年輕人到底是誰，為什麼他的眼神要比陸虎成還要凌厲？

「你叫什麼？」秦建生問道，他很想知道這個無名小卒的來歷。

林東微微一笑：「在下林東。」

在場之人聽到這個名字，臉上無不顯出震驚的神情，金鼎公司無疑是私募界的一匹最大的黑馬，在去年股市如此低迷的情況下還能大撈大賺，林東的名聲早已在業界傳開了。

秦建生沒想到金鼎公司的老闆竟是個毛頭小子，心想果真是後生可畏。

「林老闆，你也想來插一杠子是嗎？」

只要是想挖管蒼生的人，秦建生全部將其視為敵人，他見林東上前說話，大感頭疼，眼下他不僅要應付成名已久的陸虎成，還要應付這個業界新秀林東，局勢越來越難掌控了。

管蒼生道：「林先生是我的貴客，若不是你們這幫人來騷擾，我正和林先生喝酒呢。」

秦建生哈哈笑道：「老管，我記得你當年說一不二，現在也學會自食其言了，看來是我把你想得太美好了。你見林老闆年輕好騙，所以就打算跟著他幹，然後再耍手段控制公司實權。林東啊，我不得不提醒你一句，要小心金鼎公司易主啊！」

秦建生到處挑撥離間，就是希望能挑起陸虎成、林東和管蒼生三人之間的矛盾，好讓他坐收漁翁之利。

「陸虎成，你之前一定以為管蒼生一定會跟你走是不是？現在我看未必吧，半路殺出個程咬金，姓林的這小子比你捷足先登嘍。」

陸虎成識破了秦建生的心思，蔑笑道：「哼，秦建生，你還真是屬狗的，逮誰咬誰，恐怕你還不知道我跟林東的關係吧，那我就告訴你，林東是我在佛前磕過頭的拜把兄弟！」

秦建生一愣，他千算萬算也沒想到林東和陸虎成居然還有這層關係，騎虎難下，只能硬著頭皮往下說：「哈哈，陸虎成，你把他當兄弟，林老闆不知道有沒有把你當兄弟呢？」

秦建生再三刁難，林東忍不住出言譏諷：「我和陸大哥之間的事情，無需秦老闆操心，當年管先生將你視作親兄弟一般，你還不是害他坐了十幾年的牢！秦老闆，我覺得在場所有人，你是最沒有資格談論兄弟的，我如果是你，早沒臉來見管先生了。」

秦建生面皮微熱，笑道：「當年的事情，你個小娃娃知道多少？不要在這裏嚼舌根搬弄是非了。」

管蒼生道：「陸兄弟、林先生，他愛怎麼樣就怎麼樣吧，我們進來喝酒。」

陸虎成笑道：「好，我們喝酒。」轉身對身後的那名隨從道：「劉海洋，去把我放在車裏的酒拿過來。」

那壯實的漢子點了點頭，腳底生風，朝村口跑去。

林東和陸虎成並肩進了院子裏，兄弟倆在此重逢，當真是又驚又喜。不過有一點林東倒是很奇怪，為什麼陸虎成到現在才來？按理說他的消息要比林東靈通，沒道理會在他後面到。

老村長拉住了管蒼生，笑道：「蒼生，你們喝吧，老頭子我和你們沒什麼話好講，我在這裏你們說話放不開，我回家去了。」

管蒼生道：「老叔，你怎麼能走呢，你這不是讓我不好做人嗎！」

老村長笑道：「你心意到了就行，老叔來你家吃飯啥時候不能來？咱們一個族裏的，有血緣親呢，不講究這個。」

管蒼生也沒說什麼，心裏念著老村長的好，把他送到了門口。然後又回到了酒桌上。

秦建生等一眾人站在門口，管蒼生沒請別人，他們也不好進去。有不少人已經心灰意冷，開始打道回府。他們自知爭不過陸虎成，就連金鼎公司的林東也比他們不少人的實力要強，留在這裏也沒有什麼意義，還不如早點回去。免得在這裏受凍受餓。

不一會兒，管蒼生家門口的人就散去了一大半。剛才還是人頭攢動的大門前現在已經只剩不到幾十人了。

秦建生把丘七叫到身旁，低聲吩咐：「丘七，你把剩下的這幫人也趕走，然後把你留在村口的兄弟全部都叫過來。」

丘七道：「秦老闆，你這是想幹嘛？」

秦建生咬牙道：「管蒼生決不能落入他們的手中，萬不得已，我只能採取點強硬措施了。」

丘七站著一動不動：「秦老闆，當初你請我的時候可沒說這些啊？你即將要做的事可能是要犯法的，我不能拿我兄弟的自由開玩笑。」

秦建生奸笑道：「老弟，出來混不就為了錢嘛，這麼著，你乖乖聽話，我給你雙倍的價錢。」

丘七搖搖頭：「讓我幫你攔攔人還可以，但是要我幫你搶人打人，這事我不做。給多少錢也不做。」

秦建生看著丘七，說道：「老弟，你開個價吧。」

丘七歎了口氣：「我說秦老闆，你是沒聽懂我的話還是怎麼的，我說了給多少錢都不做。」

「真的不做？」

「真的不做！」

秦建生向來只知有錢能使鬼推磨，沒想到今天還真遇上一個錢搞不定的人，不由得有些憤怒。揮揮手：「帶著你的人在我眼前消失。」

丘七笑道：「讓我走當然可以，把剩下的一半錢給結了。」

秦建生怒道：「你不聽話還想要錢？我沒讓你把定金吐出來就很對得起你了。滾滾滾，沒錢給你。」

丘七哈哈一笑，一招手：「兄弟，過來，秦老闆說不給錢，咱們商議商議怎麼辦。」

丘七的手下一聽這話，個個惡狠狠的盯著秦建生，圍了上來，把秦建生和秦建生的幾個隨從團團圍住。

丘七道：「秦老闆，大家都是為了錢，不過我請你認清楚一點，這裏是徽縣，是我的地盤！」

秦建生當初請丘七就是看中了他是徽縣的地頭蛇，沒想到到頭來搬起石頭砸自己的腳，倒是給自己惹了麻煩，心知今天若是不給錢的話，丘七和他的手下肯定不會讓他安然離去。

強龍不壓地頭蛇，秦建生也只能自認倒楣，把隨從叫了過來，吩咐道：「把剩下的錢給丘老大。」

丘七收了錢，哈哈笑道：「秦老闆，青山不改綠水長流，咱們後會有期。」說完，帶著手下的人揚長而去。

剩下一些人知道接下來也沒什麼戲可看了，也紛紛離去，鬧騰了幾天的管家溝終於又漸漸恢復了寧靜。

劉海洋從陸虎成的車裏提了一箱酒過來，陸虎成打開箱子，把酒全部擺在了桌子上。

林東眼前一亮，哈哈笑道：「東北小燒，陸大哥，上次跟你喝過之後，我一直惦記著這酒呢。」

管蒼生歎道：「當年在西江岸邊，我記得陸兄弟喝的也是這酒。這麼多年過去了，想不到陸兄弟還是鍾愛此酒。不過仔細一想，東北小燒勁頭霸道，入喉辛辣如刀割一般，與陸兄弟的為人真是像極了。」

陸虎成哈哈大笑：「管先生說的沒錯，這些年我陸虎成的車和房換了不知多少，身邊的女人也換了一撥又一撥，唯獨這東北小燒換不掉，喝慣了它，再喝其他的酒，真是索然無味。」

林東道：「陸大哥快人快語，也只有你這樣的人才能喝出東北小燒的真味。

來，咱們三人有緣共聚一堂，就讓我們乾一杯！」

陸虎成道：「林兄弟，你且等一等。」轉而對劉海洋道：「海洋，給我們三人拍張照。」

劉海洋就像一根木樁似的，只有陸虎成讓他做事的時候才會動一動，聽了老闆吩咐，掏出相機，把林東、管蒼生和陸虎成三人碰杯的那一瞬間照了下來。

三人一飲而盡，東北小燒辛辣刺鼻，除了陸虎成之外，林東和管蒼生都被辣得直皺眉頭。

管蒼生極感興趣的問道：「林先生，能否把你和陸兄弟之間的故事說出來給我聽聽？我聽陸兄弟說你們在佛前磕頭拜把子，當真聽得人熱血沸騰啊。」

林東剛要開口，就聽陸虎成道：「管先生，還是我來說吧。」

林東笑道：「管先生，由陸大哥來說最好，他比我會講故事。」

陸虎成是至情至性之人，說起往事，更是逸興遄飛，凡事經他之嘴一說，即便是再平常的事情也能說得一波三折，引人入迷。

管蒼生由林東和陸虎成的兄弟情想到了自己，歎道：

「唉，當年我與秦建生相識的時候，正如林兄弟現在這般年紀，那時我二人心比天高，都是初出校門。我和他是同乘一列火車南下淘金的，後來又住進了同一家小旅店，發現彼此是從同一座城市過來的。他鄉遇故知，倍感親切啊，於是秉燭夜談，發現彼此有很多觀點都不謀而合。那時我便將他引為生平知己，哪知後來出了國債那件事，他卻在背後把我賣了。若是他當年不那麼做，我管蒼生替他做十幾年牢又怎樣！可惜人心叵測，經歷了那件事，讓我對人性有了另一番看法。」

林東笑道：「管先生是不是想說人性本就自私貪婪？」

管蒼生點點頭：「我就是想說這個。」

林東與陸虎成相視一笑，陸虎成道：「管先生，你剛才說這番話是否是在提醒我和林兄弟，要我們要小心戒備彼此啊？」

管蒼生連連搖頭：「你說的這是什麼話，我只怪自個兒遇人不淑，沒有一雙能看透人心的慧眼，我看二位則不同，都是性情中人，斷然不會跟我和秦建生那樣反目成仇的。」

陸虎成道：「哈哈，先生說得對，我們再乾一杯。」

林東記得陸虎成身上有頑疾，勸道：「陸大哥，你還是少喝些吧，小心身體。」

陸虎成道：「多謝兄弟關心，可這酒就是我的精氣神啊，沒了它，我就活不下去了。至於身體，也沒有你想像的那麼差，前些日子我去了趟美國，是昨天晚上才回來。那邊的醫生給我制定了一套養身方案，我這身體正在慢慢恢復。」

林東道：「我還在想為什麼你會那麼晚才來，原來是人在美國啊。」

「可不是，我一下飛機知道了管先生出來的消息，馬上就馬不停蹄的趕了過來。狗日的秦建生在村口攔著不讓我進來，惹怒了老子，害得我幹了一架。」秦建生說道。

林東瞧見他和劉海洋臉上的淤青，關切的問道：「沒大礙吧？」

陸虎成搖搖頭：「沒事，他們仗著人多，我不過是挨了幾拳，秦建生那夥人卻被我和海洋打翻了不少。秦建生也太大膽，看我日後怎麼收拾他。」

陸虎成恩怨分明，秦建生得罪了他，這個仇他肯定會報，林東心想秦建生這下可麻煩了。

陸虎成忽然問道：「管先生，當年你我江邊把酒論英雄，當年你說的那幾個人除你之外，其他人都已不在了，小弟斗膽，還請先生再論一論當今的英雄如何？」

管蒼生笑道：「陸兄弟，你這可是為難我了，我在牢裏關了十幾年，資訊閉塞，哪裏知道外面的變化，這讓我如何妄論天下英雄？林老弟年紀太輕，而我與世隔絕十幾年。我看若是要論，三人之中，也該由你來論最合適。」

林東也說道：「陸大哥，我也贊同管先生的看法。」

陸虎成也不謙虛，笑道：「既然二位都這麼說，我也就不再推辭了，依我看來，當今業內的英雄全在這一屋之內。」

管蒼生笑道：「願聞其詳。」

陸虎成道：「十幾年前，管先生呼風喚雨，無所不能。而後的這些年則是我陸虎成的天下，不過我看我也蹦躂不了幾年了，長江後浪推前浪，林兄弟天資驚人，在他的奮起直追之下，天下很快就不屬於我的了。」

管蒼生絲毫不為陸虎成說他取代了自己的地位而生氣，反而覺得陸虎成胸懷坦蕩，說話毫不作偽，敢於承擔，也敢於面對，當真是條好漢！

「唉，我錯過了最精彩的年月，沒能與陸兄弟一較高下，實在是我人生一大遺憾。」

管蒼生的目光忽然變得凌厲起來，直視陸虎成：「陸兄弟，請你說說，你我究竟誰比較厲害？」

林東緊張的看向陸虎成，心裏為他捏了把汗，不知他會如何作答。管蒼生這個問題實在很難回答，回答的不好，雙方都會很沒面子，而以陸虎成的性子是萬萬不會說違心的話來討好管蒼生的，不知他會不會讓管蒼生沒面子下台。

陸虎成一點都不閃不避，也直視管蒼生的目光，從對方的目光中看到了狂熱的戰意，笑道：「前十年當然是先生比我厲害，後十年我會漸漸超過先生，而現在這十年嘛，應該是難分高下。」

林東在心中為陸虎成叫了一聲好，他的回答不偏不倚，既不讓管蒼生難堪，也沒有折了自己的面子，看來陸虎成表面粗獷，實則心細如髮啊。

管蒼生的目光變得柔和起來，端起酒杯。「說得好！陸兄弟，為你剛才的那番話。老管乾一杯！」

陸虎成笑道：「數風流人物，還看今朝。剛才我之所以讓劉海洋為咱們三個照張相，為的就是讓多年以後後輩們看到會驚叫一聲：我靠！這三個竟然當年在一塊喝過酒哎！我想中國的證券史上一定會給咱們三個留幾頁。」

林東笑道：「陸大哥，管先生已經不用愁了，證券史上早已經給了他濃墨重彩了。」

管蒼生歎道：「往事不提，我這前半生毀譽參半，慚愧慚愧啊。」

陸虎成道：「先生難道真的甘心終老山林？你如今正當壯年。仍可以大有作為啊！」

管蒼生看了一眼林東，沒有說話。

林東笑道：「陸大哥，你別擔心，你不會寂寞的，用不了多久，管先生將會重出江湖。」

陸虎成盯著林東看了一會兒，見這小子滿臉笑意，笑道：「林兄弟，了不起啊，你是怎麼說動管先生出山的？」

林東搖搖頭。「管先生說還要再思量思量，他出不出山，仍是個未知數呢。」

陸虎成朝管蒼生望去：「管先生，給個痛快話吧，不然我這兄弟非得急死不可。」

管蒼生歎道：「唉，原本我已經決心做個普普通通的山民了，可誰讓我欠下林先生那麼大的恩情呢。我回家之後看到老母親臥病在床，雙腿不能行走，當時就在心中許下願望，若是有誰能讓我老母親重新站起來走路，我就甘願為其役使。林先生治好了我老母親的腿疾，只要林先生發話。我自當鞍前馬後，效犬馬之勞。」

林東收起臉上的笑容，正色道：「管先生，我林東向來不喜歡強人所難，若你不願意，我絕不為難你半分。」

真正的高手是不甘於寂寞的，管蒼生是真正的高手，只因為被秦建生傷害，心灰意冷之下才決定終老山林。他一身的好本領，豈會甘心下半生碌碌無為，其實心裏不是沒有出山的想法，只是缺乏一個說服自己的理由，而林東給了他這個理由。

陸虎成瞭解管蒼生的心思，心知他只是缺乏一個給自己下的台階，笑道：

「管先生，大好世界，你不出去看看那真是可惜了。依我看，你還是答應林兄弟吧。」

這時，張氏在管慧珠的攙扶下從裏屋走了出來，對兒子說道：「蒼生，你才四十來歲，整天陪著我這個老太婆有什麼意思？你不用為我擔心，跟林先生去吧，他是娘的大恩人，你得好好報答他。」

管蒼生道：「娘，我願意跟林先生去，不過你得答應跟我一起去。林先生說了，咱們管家溝濕氣太重，你如果還住在村裏，老寒腿會復發的。再說我蹲了十幾年大獄，少盡了多少孝道，你就跟兒子一塊過吧，讓我好好的補償補償你，否則我哪裏都不去。」

張氏歎道：「我在管家溝住了一輩子，這裏雖有千不好萬不好，畢竟咱家的根在這兒，你讓娘怎麼捨得離開啊。」

陸虎成笑道：「大娘，你不能這麼想，管先生才是你們家的根，你不跟他一塊出去，誰催他抓緊娶妻生子，難道你不想抱孫子嗎？」

管慧珠也在一旁勸道：「媽，大哥說的有道理，我看你就跟大哥去吧，家裏放心，我會常來照看，隔幾天我就來打掃一次，包管你什麼時候回來都還是現在的樣子。」

陸虎成的話讓張氏動了心，她這輩子唯一的遺憾就是沒能抱上孫子，說道：「蒼生，娘答應你了。」說完，又讓管慧珠扶著她進了裏屋。

管蒼生熱淚盈眶，他再也沒有理由阻擋自己出山了，當下說道：「林先生，管某餘生就交給你了。」

林東上前緊緊握住管蒼生的手，虎目含淚：「先生甘願跟隨林東，是林東之福，也是金鼎之福啊。」

陸虎成哈哈笑道：「唉，以後我得小心了，你們兩個聚到了一塊兒，太危險了。」

林東說道：「陸大哥放心，咱們是永遠的兄弟，金鼎公司與龍潛投資絕不會產生衝突。有錢大家一塊賺，只要我們聯手，能把華爾街攪個天翻地覆！」

陸虎成上前抱住了二人，三人緊緊相擁。劉海洋按下了快門，將這一幕拍了下來。

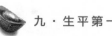

第十章 未來風暴

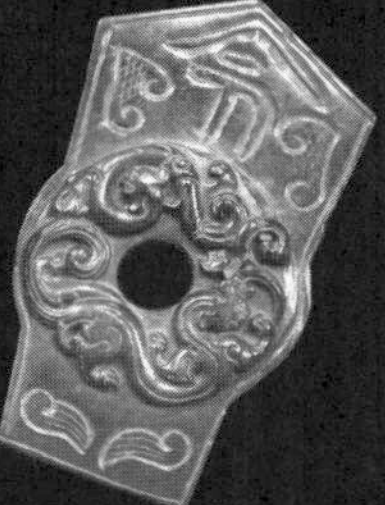

紀建明的心情很複雜，一路上話很少，
他心裏一方面為林東能請到管蒼生而高興，
另一方面則是隱隱擔憂金鼎可能會有一番內鬥，
他還不知道林東會把管蒼生擺在什麼位置上，但他很清楚，
一旦把管蒼生放在高位上，勢必遭到公司元老們的抵觸。
一旦發生了內鬥，這對一家正在快速崛起的公司而言是相當可怕的事情，
甚至可能是滅頂之災。

這頓飯吃到下午三點才結束，陸虎成帶來的一箱東北小燒喝得一滴不剩，管蒼生酒量最差，已經被林東扶上床休息去了。陸虎成把劉海洋留了下來，讓他負責管蒼生的安全，秦建生那個人他比較瞭解，是什麼手段都敢使的。

陸虎成和林東也都喝了很多，二人摟著各自的肩膀，歪歪扭扭的朝山上走去。山風猛烈，二人坐在石頭上吹了一會兒風，都感覺清醒了不少。

二人誰也沒有說話，靜靜的吹著風，到了太陽落山的時候，天邊的霞光照在山上，把漫山遍野都鋪了一層紅輝，襯托著草木枯寂的小山，頗有些悲涼的味道。

「兄弟，得了管先生之後，你有什麼打算？」陸虎成開口問道。

林東答道：「陸大哥，我想把金鼎公司全權交給管先生打理，而我自己則專心於其他事情。」

「聽說你搞起了地產？」陸虎成道：「地產這玩意是暴力，不過也是個無底洞，若是有需要，大哥這邊可以支援你些資金。」

林東道：「暫時還不缺資金，我接手了個爛攤子，必須得謹慎經營，心裏有許多想法，但邁出的每一步我都得在腦子裏反反覆覆仔細設想不知道多少次。」

陸虎成笑道：「慢慢來嘛，我相信你的能力，只要你用心做，肯定能搞大！」

林東點點頭。

太陽就快完全沉到了地平線以下，山上的風更緊了，光線漸漸暗淡了下來。

陸虎成站起來拍拍屁股，說道：「走，下山吧。」

林東起身說道：「陸大哥，你跟在我後面走，這山上有獵人佈置的陷阱和捕獸夾之類的東西。下午從管先生家出來，是我喝多了，所以才把你帶到了山上，現在想想還真有些害怕，不過好在咱倆福大命大，沒掉到了陷阱裏。」

陸虎成道：「乖乖，看來這山上有野味啊，早知道我帶杆獵槍過來了。」

林東笑道：「想吃野味還不簡單，老村長家裏有，今晚跟著我，包你吃上。」

「好，我車裏還有一箱東北小燒，待會我去拿來，帶到老村長家裏，咱們晚上繼續喝。」陸虎成哈哈笑道。

「大哥，還喝啊？」林東苦著臉。

陸虎成道：「怎麼？你不知道你大哥我一天三頓酒嗎？」

林東歎道：「看來我得捨命陪君子了。」

二人一前一後，等到走到山下，天已差不多黑了。陸虎成去村口停車的地方拿酒去了，林東則朝老村長家走去。

紀建明和老馬昨晚一夜未睡，一覺睡到下午四點多才醒，聽老村長講了中午發生的事情，十分後悔自己錯過了一場好戲，尤其是老馬，懊悔的直拍大腿。

林東剛進老村長家，就被紀建明拉了過去。

「聽說陸虎成也來了，人呢？」紀建明看上去非常興奮，天下第一私募的掌舵人陸虎成可一直是他的偶像，早就盼著能見上一面了。

林東笑道：「剛才還跟我在一起的，有點事，馬上就過來，你找他有事？」

陸虎成真的來了，就快要見到偶像了，不知為何，紀建明心裏忽然莫名的緊張起來，在屋子裏踱來踱去，完全失去了平時處事泰然冷靜自若的鎮定。

「老紀，你這是怎麼了？」林東笑問道。

紀建明道：「哎呀，陸虎成來了，我在想待會見面了跟他說什麼。林東，你說我該怎麼向他打招呼呢？」

林東笑道：「你別瞎琢磨了，陸大哥是個非常和善的人，你無須刻意想怎麼跟他交流，把他當作一個普通人，像跟普通人那樣交流就可以了。如果你在他面前畏畏縮縮的，他倒是可能會瞧不起你，聽我的，挺胸抬頭，他又沒有三頭六臂，你緊張個啥！」

老馬雙手桶在棉襖的袖子裏，走了過來，哈哈笑道：「紀兄弟，林兄弟說得對，拿出你老爺們天不怕地不怕的精神來。不就是見個陸虎成嘛，美國總統我還經常見呢。」

老村長微微一笑，「老馬，你盡吹牛，也不知道打打草稿。」

老馬嘿笑道：「嘿，管老哥，我哪有吹牛，的的確確經常在電視上看到美國總統嘛。」

紀建明被老馬逗得笑了笑，心裏的緊張感也減輕了不少，開始做起了深呼吸，通過這個方法來消除緊張的情緒。

林東走到老村長面前，笑問道：「老村長，家裏野味還有嗎？」

老村長笑道：「還有兩隻野雞和三隻兔子。怎麼啦？」

林東笑道：「中午你見過的陸大哥是我的拜把兄弟，我想晚上請他到這裏來吃飯，所以想從你這裏買些野味招待他。」

老村長道：「別說買，這個字我不樂意聽，到我家裏就是我的客人。你的那個大哥叫陸虎成是吧，這人是條好漢子啊，硬氣，我很欣賞。你把他叫過來，老頭子也想和他喝杯酒呢。」

林東笑道：「老村長，那就太麻煩你了。」

老村長哈哈一笑，又抽起了旱煙。

老馬走了過來，大聲說道：「林兄弟，烹製野味怎麼能少得了我這個好廚子呢，晚上我的菜我來做，包你們把骨頭都吃下去。」

老馬的手藝林東幾人都領教過來，的確是把做野味的好手。林東連聲感謝，心想這次出門是遇到了不少好人啊。

陸虎成走到村口，看到堵在村口的那些車差不多都已走光了，僅剩幾輛。秦建生的車還在，他坐在車裏，看到陸虎成走了過來，立馬下車迎了上來。陸虎成似乎並沒有和他交流的意思，逕自往自己的車走去。

秦建生緊跟在後面，「陸總，我知道中午我做的事情讓你不開心了，但是這其中很大一部分都是誤會，還請陸總給時間讓我解釋。」

陸虎成在車旁停了下來，冷眼瞧著秦建生，以略帶些厭惡的語氣道：「秦老闆，我說這天寒地凍的，天都快黑了，其他人都走了，你怎麼還不回去？」

秦建生恬不知恥，呵呵笑道：「陸總，老秦我有一句話不吐不快，你願意聽就聽，不願意聽就當我放了個屁。金鼎投資的林東不得不防啊，這小子太厲害了，公司是去年九月份才搞起來的，短短幾個月，賺了那麼多錢！他遲早要威脅到你業內第一人的地位的。你難道看不出管蒼生似乎對他有點意思嗎？管蒼生有多大能力我是最清楚的，如果讓他們兩個聯手，不僅我的公司得玩完，你也不會有好下場的！」

秦建生見陸虎成默然不語，以為陸虎成動心了，又繼續鼓舌遊說：「當然了，現在的林東還沒有跟你分庭抗禮的能力，陸總，你該早點採取措施，不能等他起來再去防備啊。」

陸虎成正想著怎麼對付秦建生，聽了秦建生的這番話，忽然心中生出一計，歎道：「秦老闆，他是我佛前磕過頭的拜把兄弟啊，我如果加害他，會遭天譴的。」

秦建生心中狂喜，看來陸虎成已經動了心了，他知道自己今天得罪了陸虎成，如果不把禍水引到別處的話，陸虎成一定會收拾他，也清楚以自己的實力是絕對擋不住陸虎成這頭猛虎的，心想只能靠他一張巧嘴來把禍水東引了。

「陸總，咱們做這一行的明爭暗鬥，也不知害過多少人家破人亡了，還在乎這些？如果真的有神佛的話，咱們死後早已免不了下阿鼻地獄，倒不如趁活著的時候活得快活些。現如今的社會什麼交情都是假的，唯一真實的只有一個『利』字。國內這塊市場的蛋糕總共就那麼大，就算他林東不主動攻擊你，但是以他和管蒼生的能力，遲早要分走這塊蛋糕的大部分，那就是從你嘴裏奪食啊。趁他還沒有能力和你抗爭，早點滅了他，這才是上上策，小心養虎為患啊！」

陸虎成道：「你的意思我明白了，老秦，算起來咱倆也認識不少年了，你也清楚我在業內的名聲，這事我不好親自出面，免得壞了我的名聲。不過你說的的確句句在理，我有意與你合作，借你之手打壓金鼎，不知你意下如何？」

秦建生大喜，陸虎成不僅對他改變了稱呼，而且主動提出要和他合作，他彷彿看到了前面金燦燦的未來，只要能攀上龍潛投資這艘業內的航母，誰還敢瞧不起他金鵬這艘小艦艇。到時候利用陸虎成龍潛投資這個強大的平台，必然能分些殘羹冷炙，而龍潛吃剩下來的殘羹冷炙，對他的金鵬而言也可以算得上是大魚大肉了。

「怎麼合作？」秦建生激動的問道，聲音都發顫了。

陸虎成道：「這還不簡單，合咱倆之力對付林東，還愁搞不定他？我問你，林東最厲害的地方是什麼？」

秦建生略一沉吟，說道：「當然是選股了。去年他的公司幾乎抓住了所有牛股。」

陸虎成道：「哈哈，老秦，看來你已經明白我的意思了。好了，我要回村裏了。」說完，拎著一箱酒就往村裏走去。

秦建生站在入村的土路上沉思良久，反覆回味剛才陸虎成所說的話，過了好一會兒，才明白了陸虎成的意思，心中暗道：「陸虎成就是陸虎成。天下第一私募的名頭果然不是吹的，到時候只要他們提前潛伏在一支股票當中，由陸虎成來引林東入甕，讓他重倉持有，等他買進之後就瘋狂吐貨，必然能讓林東賠得血本無歸。」

夜風嗚嗚的在山谷裏迴盪，秦建生稀疏的頭髮在風中飛舞。他一臉的興奮，一路吹著口哨朝他的車走去，殊不知前面有一個巨大的陷阱正等著他。

「老闆，回去嗎？」秦建生的司機問道，這幾天在管家溝挨餓受凍，手下的人都快受不了了。

秦建生笑道：「好，回去，先到徽縣歇息一夜，待會到了縣城，老闆請你們泡澡。再找幾個妞玩玩，大夥兒好好爽一爽。」

陸虎成拎著一箱酒到了老村長家的門前，林東和他說過，村裏三層小樓的就是老村長家。

進門就是客，老村長走在最前面，迎了上去。

「陸先生光臨寒舍，蓬蓽生輝啊。」老村長幼年時讀過書，是村裏最早的一批高中生，說起話來也文縐縐的。

林東把酒箱子從陸虎成手裏接了過來，依舊是陸虎成的最愛東北小燒。

陸虎成握住老村長的手，笑道：「老大爺，你可別叫我先生了，我受不起。就叫我小陸吧。」

「只要你聽著舒服，不覺得老頭子怠慢了你，我叫什麼都成。」老村長拉著陸虎成的手進了屋，屋裏已生起了火盆，室內暖烘烘的，十分的舒適。

紀建明終於見到了心目中的偶像，陸虎成給他的第一感覺就是高大，比照片上的人看上去還要高大，他本來已經不緊張了，哪知當陸虎成走進來的那一剎，手心又開始往外滲汗。

林東把紀建明推到陸虎成面前，笑道：「陸大哥，給你介紹一位朋友，這是我的兄弟，叫紀建明，也是我們金鼎的元老。」

陸虎成伸出了手，哈哈笑道：「林兄弟的兄弟就是我的兄弟，紀兄弟，幸會幸會。」

紀建明和陸虎成握了握手，陸虎成感受到了他手心的潮濕，拍拍紀建明的肩膀，「紀兄弟，你讓我想起了我年輕的時候，也是見到屁大點的人物就緊張，後來我一想，那些人也是一個鼻子兩隻眼，跟我一樣，怕他個鳥啊！」

紀建明聽了這話，莫名的心底生出一股豪氣，緊張感忽然之間一掃而空，正如偶像所說，大家都是人，怕他個鳥，忍不住笑了出來。

林東笑道：「陸大哥話糙理不糙，老紀，用不著緊張了吧？」

紀建明點點頭，與陸虎成親切的攀談起來。

陸虎成抽了抽鼻子，笑道：「好香的肉啊，看來我今晚有口福了。」

陸虎成是個大嗓門，老馬在廚房裏都聽得到他說話，笑道：「外面的不要急，很快就能吃了。」

老村長道：「你們在這聊會兒，我去把蒼生叫過來，今晚大傢伙在一塊好好熱鬧熱鬧。」說完，打著手電筒就出了門。

紀建明見到了偶像，自然有一肚子話想說，陸虎成是個非常容易交流的人，對紀建明的問題有問必答。

林東笑道：「老紀，下個月月初咱們就要去京都參觀陸大哥的龍潛投資了，到時候你還有機會見到陸大哥，不要一次把問題都問完了，讓陸大哥歇一歇，他今天和我在管先生家門口舌鬥秦建生，耗費了不少口水呢。」

紀建明趕緊找碗給陸虎成倒了一杯老村長用雪柳樹的樹葉泡的茶，陸虎成喝了一口連連叫好。

「陸大哥，我見你喝著茶眉頭都沒皺，喝得慣嗎？」紀建明問道。

陸虎成道：「哈哈，這是雪柳樹的樹葉泡的吧，我當然喝得慣了，提神醒腦去疲勞，我經常喝呢，只是我的雪柳葉子沒有老村長的這個好，等老村長回來，我得向他討一些帶回去。」

陸虎成一口道出這茶的來歷，倒是讓林東和紀建明吃了一驚，想不到天下第一私募的陸虎成也會拿樹葉子泡茶喝。

陸虎成道：「林兄弟，你剛才說到了秦建生，我去拿酒的時候又見到了他，嘿，這孫子不死心，竟然上來遊說讓我對付你，我答應他了。」

林東大笑道：「秦建生這是自作孽不可活啊，陸大哥，你的心裏遠不如你表面上看上去那麼光明磊落啊，我想秦建生心裏說不定還喜滋滋的呢，卻不知他一隻腳已經踏進了你挖的坑裏。」

陸虎成道：「對待朋友要光明磊落，對待秦建生那種人嘛，自然要耍點手段。在社會上立足，如是沒有點心機和手段，我陸虎成早就被人剁了餵魚了。秦建生當年背信棄義，害管先生為他背了十幾年黑鍋，林兄弟，咱倆聯手陰秦建生一把，就算是咱倆送給管先生出山的大禮。」

「好！陸大哥你說怎麼辦，這件事你拿主意。」林東道。

陸虎成把計畫告訴了林東，林東越聽越心驚，心想若不是他早已和陸虎成拜了把子，陸虎成絕對是他的頭號大敵。得罪了陸虎成這號人物，秦建生離在私募界除名的日子已經不遠了。

這時，管蒼生推門走了進來，身後跟著老村長。

林東三人起身相迎。

「陸兄弟，咱今天中午喝的東北小燒酒勁太霸道了，老叔去我家的時候，我剛醒來，哎呀，這個頭到現在還很疼啊。」管蒼生敲著腦袋道。

陸虎成大笑道：「沒事，醒了接著醉，晚上睡得香，我這兒還有一箱東北小燒。」

管蒼生笑道：「早知還要喝，我就不來了。」

林東笑道：「管先生，恐怕你現在後悔已經晚了。」

管蒼生笑道：「你當我是怯酒的人嗎？就像陸兄弟說的，喝了上頓接下頓，喝醉了晚上睡得香。」

老馬此刻已經端著火鍋走了進來，一陣勾人饞蟲的香味從他手裏端著的火鍋中散發出來，眾人立馬齊齊朝他望去。

老馬見自己做出來的食物居然那麼有吸引力，心裏十分開心，笑道：「大傢伙都別站著了，都圍過來吃飯吧。」

老村長招呼眾人入座，六個人圍在一張小飯桌旁。

管蒼生想起一事，說道：「陸兄弟，你帶來的那位隨從還在我家，我來時想把他叫過來，可他就是不聽我的話，說要留在我家裏負責我家人的安全。」

陸虎成笑道：「劉海洋向來只聽我一個人的，如今秦建生已經離開了管家溝，你們一家不會有什麼危險了。管先生放心吧，我現在就打電話叫他過來。」說著，從身上掏出了手機給劉海洋撥了一個電話，劉海洋接到老闆的電話，向張氏辭別，很快就到了老村長家裏。

眾人往一塊擠了擠，老村長加了個板凳，讓劉海洋坐了進來。七個人圍著火鍋，關上了門，屋裏還生著兩個火旺旺的火盆，室內溫暖如春，喝著東北小燒，每個人都是大汗淋漓，十分的痛快。

老村長作為主人，免不了要和每一位都喝一杯，而作為對主人的尊敬，林東六人也免不了要回敬老村長，一來二去，剛開始的時候就數老村長喝得最多，老村長不勝酒力，暈乎暈乎的時候被老馬扶上了床。

第二個倒下的是紀建明，他喝不慣東北小燒這種烈酒，但當著偶像陸虎成的面又不好不喝，勉強的喝了些。不到半斤就醉倒了，還是老馬扶著他上了床。

管蒼生因為中午醉了一回，晚上好像有了免疫力似的，戰鬥力要比中午強很多。老馬也是好酒之人，品得出來陸虎成帶來的不是一般市面上能買得到的東北小燒，難免多貪了幾杯，喝了一斤左右，知道自己快不行了，趁著還有些清醒就跟林東等人說了一句，自己爬到床上睡覺去了。

到了最後，只剩下林東、陸虎成、管蒼生和劉海洋四人，陸虎成和管蒼生的酒量林東是清楚的，唯有陸虎成的手下劉海洋，林東一點都估不到此人究竟有多大的酒量，任誰敬他都是一口悶了，話也不多。從開始到現在估計喝了將近一斤半了，看上去居然一點醉意都沒有。

林東端起酒杯，朝劉海洋笑道：「海洋大哥，林東再敬你一杯。」

劉海洋端起酒杯，憨憨一笑，仰脖子又乾了一杯。

林東忍不住誇道：「陸大哥，我看海洋大哥的酒量要比你還大。」

陸虎成大笑道：「說起酒量，我平生佩服的沒幾個人，劉海洋就是一個。海洋，把你當年怎麼灌倒你們師長的故事說出來給大夥兒聽聽。」

劉海洋憨頭憨腦。摸了摸後腦勺，說道：「老闆，時間太久了，我記不大清楚了，還是你說吧。」

陸虎成笑道：「那好，還是我來說吧。當年海洋在西北參軍，他們師長是出了名的能喝，據說曾經一個人灌醉了一個排的人。有一次海洋立了二等功。他們師部給他慶功，師長也來了，眾人喝起了酒。他們師長看到海洋任誰來敬酒都是一口乾了。十分的驚訝，起了想要和海洋一較高下的心思。就把海洋叫過去鬥起了酒。好傢伙，據說那次兩人喝了十五六瓶牛欄山二鍋頭，一斤一瓶的那種，師長醉了，海洋也醉了。但是因為海洋之前已經喝了不少，所以師長知道其實這次比拚是他輸了，那是他平生第一次在酒量上敗給了別人。海洋從那次開始就出了名了，不僅在他們師裏出了名，甚至全軍都傳開了，某某師長被士兵灌倒了。後來海洋退伍，他們師長親自送他出了軍營，據說都哭了。」

劉海洋趕緊糾正：「老闆，你別再瞎編了，後面那是沒有的事，師長是送我了，但沒有哭。」

林東和管蒼生聽了這股市，都為劉海洋的酒量感到不可思議。林東心想他有玉片幫助化解酒力，其實要喝十幾瓶也不是難事，而劉海洋那靠的可是真本事，一般人不醉死也得胃出血。真是一條鐵打的漢子啊，林東在心中歎道。

陸虎成道：「當年我與海洋相識也是因為喝酒，我陸虎成的酒量也算是好的了，沒想到這世上還有好的沒譜的人，那次海洋把我灌醉了。當時我身上帶著十幾萬現金，海洋不僅沒有趁著我醉酒而偷了錢跑了，而是自己掏錢把我送進了一個小旅館，一直陪著我，直到我酒醒。後來我問他為什麼那麼做，海洋，你當時是怎麼說的？」

劉海洋傻傻笑道：「我當時說怕我走了你的錢被人偷了，是我把你灌醉的，我有責任保護你和你的錢安全。」

陸虎成一拍桌子，「二位聽聽，不是條真漢子怎麼可能做出這種事！我陸虎成就在那一瞬間認定了海洋是我兄弟，後來知道海洋剛退伍，當地人武部安排了一個保安工作給他，這傢伙因為看不慣上司調戲單位女職員，一拳把單位領導的眉骨打斷了，索性就辭了那份工作，搭火車到京都謀生。我陸虎成平生也是好打抱不平之人，心想如果我就是海洋，我想我也會打那一拳，於是就讓海洋跟了我。名義上他是我的跟班和保鏢，實際上他是我的兄弟啊。這些年我陸虎成暗算別人，也遭人暗算過不知道多少次，很多次如果不是海洋捨身相救，我陸虎成說不定早已死了。我這人一向不迷信，可有時候總是會覺得，海洋就是上天派到我身邊的守護神。」

管蒼生因為曾被兄弟陷害，因而也格外的欽佩真正的兄弟情義，端起了酒杯，說道：「海洋兄弟，我敬你一杯！」

劉海洋虎目含淚，聽了陸虎成那番話，他心頭火熱，端起酒杯，仰脖子又乾了一杯。

總有一份情可以讓人出生入死，總有一個人可以讓人捨命追隨！

陸虎成談性正濃，繼續說道：「我記得在零三年的時候，我和萬隆投資看上了同一支票，兩家互相爭鬥，萬隆的老闆萬龍生鬥不過我，於是便想幹掉我，花錢請了一群亡命之徒來殺我。那天晚上我在公司加班，半夜才回家，出了公司，就遭到了十幾人的砍刀隊追殺，當時我身邊只有海洋一個人，對方有備而來，堵住了我們所有退路。沒辦法，總不能坐以待斃，他娘的，只好豁出去幹了。最後我們兩個人空手打敗了十幾個亡命之徒，我背上被砍了十幾刀，只是流了不少血，沒什麼打傷，而海洋為了救我，替我擋了好幾刀，有一刀更是從他胸前插入，只要在向前半公分就插進了他的心臟裏。好在這傢伙命大，沒死。我記得救護車來的時候，海洋渾身都是血，連見慣了鮮血的醫生都感到害怕。」

劉海洋笑道：「老闆，當時你也是一樣，在我還有意識時，你也渾身是血。」

管蒼生歎道：「萬龍生殺你不成，可有他的好果子吃了。」

陸虎成歎道：「那支票的爭鬥我輸了，萬龍生雖然沒能把我幹掉，但也讓我住了半個月的醫院，一天到晚躺在床上，失去了龍頭，公司那幫人豈是萬龍生的對手。」

管蒼生道：「你出院以後呢？」

林東插了一句，「我記得萬龍生是零五年才跳樓自殺的。」

陸虎成微微一笑，目光中凌厲的殺氣一閃而過，「出院後我就老實了，並沒有立即去找萬龍生的麻煩，反而處處讓著他，裝出很怕他的樣子。萬龍生以為我怕他了，越來越驕橫，這正是我想要看到的。在他對我的防備越來越鬆懈的時候，我已經悄悄的把他公司幾個重要人物全部發展成了我的人，而萬龍生則渾然不覺，一步一步笑著往我挖好的坑裏跳，等他發現的時候，已經是我開始向坑裏填土的時候了。萬龍生虧損慘重，自知得罪不起背後那些投資人，只有選擇跳樓了結自己。」

林東歎道：「唉，這世上為什麼會有那麼多你死我活的爭鬥？」

陸虎成笑道：「林兄弟，這就是人性的本質啊，人性貪婪，而貪欲是無止盡的。整個自然界就是這樣，兩個狼群為了爭奪一群獵物會自相殘殺，狼群內部會為了爭奪首領之位會自相殘殺，為了爭奪母狼也會自相殘殺。其實人性和狼性真的很像。」

林東道：「道理我自然是懂的，陸大哥，咱們是好兄弟，日後可千萬別走上這條路！」

「骨肉相殘的事情我不幹，」陸虎成笑道，「你是我佛前磕過頭的拜把兄弟，我陸虎成可以對天發誓，只要我在龍潛一天，龍潛和金鼎就絕對不會發生衝突！」

林東笑道：「大哥，你說的嚴重了，我沒有半分不相信你的意思。其實兄弟有個想法，我說出來給大哥參考參考。」

陸虎成道：「別吞吞吐吐的，有什麼話就說吧。」

林東收起笑容，神情肅穆，「其實國內的市場就那麼大，近年來隨著股市的不景氣，股市更是萎縮得厲害。外國好些機構經常趁火打劫，大肆的做空a股，我想咱們也是時候走出去，到國際市場賺點外匯了。」

陸虎成一拍桌子，「兄弟，你這話說得我熱血沸騰啊，舊社會咱們就挨老外的欺凌，到現在了他們還是騎在咱們頭上，這不能忍啊！咱們的國力雖然越來越強，但是這方面還是沒能有好的保護措施，誰叫國外的金融市場比咱們發達呢。我也主張走出去，到歐美資本市場上去折騰一番！」

管蒼生道：「二位別說老管潑你們冷水，想法是好的，可操作起來卻不容易啊。」

林東明白管蒼生是什麼意思，笑道：「管先生，有想法才有動力去做，我相信只要我們努力，沒有什麼實現不了的。」

管蒼生道：「被你們這麼一說，我老管也覺得渾身發熱了，如果這輩子能在歐美市場折騰一番，也算是不枉此生了！」

陸虎成道：「今晚主要還是喝酒，別跑題了，還有一瓶，哥幾個分了，喝完了睡覺去。」

管蒼生又喝了些，他已經喝得到量了，趴在桌子上睡著了。

喝完了最後一瓶酒，林東安排陸虎成和劉海洋就在老村長家裏睡了下來，然後扶著管蒼生出了門，把他送回家。

管蒼生略微清醒了些，看到是林東送他，說道：「林先生，咱們什麼時候出發？我已經有些等不及了。」

林東笑道：「管先生不用著急，明天咱們就出發，你回去收拾一下，明兒一早我把車開到你家門口。」

把管蒼生送到家，他妹妹管慧珠晚上沒走，見哥哥又喝醉了。趕緊把管蒼生扶上了床。林東把人安全送達，和張氏寒暄了幾句就回老村長家裏去了。

進了陸虎成睡的那個房間，陸虎成還沒睡，說道：「林兄弟，管先生安全到家了？」

林東點點頭，「陸大哥，今晚我和你睡一床吧，咱們兄弟好好聊聊。」

陸虎成笑道：「好啊，那就快上來吧。」

二人促膝長談直至深夜。這才睡去。

第二天一早，老村長最先起來，看到飯桌上的一片狼藉，笑了笑，開始動手收拾。等他收拾好了，老馬和紀建明也醒了，過了一會兒，就見劉海洋從外面走了進來，手裏提著兩隻野兔。

這時，林東和陸虎成也醒了。二人穿好了衣服走到廚房裏，瞧見了劉海洋手上的野兔。

「海洋，你這是從哪兒弄來的？」陸虎成問道。

劉海洋答道：「我一早就醒了，昨晚聽你們說山上有野味，所以就上了一趟山，運氣不錯，讓我找到了兩個兔子窩，抓了一對野兔回來。」

陸虎成道：「我沒告訴你山上有很多機關陷阱嗎？」

劉海洋搖搖頭。「你沒說啊。」

陸虎成一拍腦袋，「哎呀，喝酒誤事啊。我把這事給忘了，幸好你沒事。」

老村長年輕的時候是管家溝最好的獵人，見劉海洋什麼工具都沒用就能捉了兩隻野兔回來，對劉海洋佩服不已，拉著劉海洋開始交流起捕獵的方法。劉海洋在部隊當兵的時候，他們營部就在山上，有時候為了提高一下伙食，就會和戰友一起進山打野味，就是在那時候鍛煉出來的打獵技術。

「老村長，可惜沒有槍，如果有槍，天上飛的大雁我都能打下來。」劉海洋道。

老村長絲毫不懷疑他自吹，笑道：「你來的不是時候，前些年村子裏家家戶戶都有獵槍，這幾年上面管得嚴，獵槍都被收走了。」

老馬做好了早飯，把眾人叫了過去。吃過了早飯，林東讓紀建明把雇用老馬的錢和老村長的錢都結了，老馬倒是沒怎麼推辭，老村長卻是死活都不肯要，紀建明沒法子，偷偷的把錢藏在了被子裏。

眾人向老村長告別，林東開車到了管蒼生家的門口，管蒼生已經收拾好行李。離家在即，張氏心裏很不是滋味，老淚縱橫，繞著老房子看了好幾遍。

林東幫著管蒼生把行李放到了後車箱裏，管蒼生把妹妹叫了過來，「慧珠，哥就要走了，家裏你常回來照看照看。」

管慧珠道：「哥，你放心去吧，好好照顧咱媽，家裏你不用擔心，我隔幾天就會回來一趟。」

管蒼生把老母親從房裏扶了出來，坐到了林東的車裏。車子開到村口，陸虎成和劉海洋站在土路上，正等著和他們告別。

「管先生、林兄弟，我也要回去了，我看咱們就在這裏分開吧。」陸虎成笑道。

林東道：「陸大哥，過不久我就會帶人去京都找你，到時候再和你喝東北小燒，你可得多備點。」

陸虎成笑道：「這個你放心，我家裏有個酒窖，裏面堆滿了東北小燒，你留在京都一年都夠你喝的。」

管蒼生和陸虎成握了握手，二人頗有些惺惺相惜的感覺。如果管蒼生沒有去坐牢，說不定二人會成為對手，陰差陽錯之下，陸虎成崛起的時候管蒼生卻在牢裏，出來之後管蒼生跟了他的兄弟林東，二人卻成為了好朋友。

陸虎成揮揮手，「林兄弟，我先走了，我陸虎成不喜歡最後一個走，那樣太傷感了。」

林東道：「大哥，一路順風。」

劉海洋朝林東二人微微一點頭，跟在陸虎成身後，二人上了車，劉海洋開著陸虎成的悍馬疾馳而去，車後塵土飛揚，很快就消失在了視線之中。

管蒼生回頭看了一眼管家溝，深深的吸了口氣，他要記住家鄉空氣的味道。

「管先生，上車吧。」林東道。

管蒼生一點頭，鑽進了車裏。

老馬沒有跟林東的車一起回縣城，他要留下和老村長多玩幾天。

紀建明開不慣鄉下的土路，所以前面這段路就由林東來開。到了徽縣縣城，找地方給車加了油，加了油之後就繼續趕路。在中午的時候他們到了彭城，林東也不急著趕路，在彭城找了一家飯店，帶著管蒼生娘兒倆好好的吃了一頓。老太太沒什麼胃口，管蒼生的胃口倒還不錯，他本是個不甘平庸的人，這次林東治好了他老母親的老寒腿，給了他說服自己出山的理由，心裏已經急著想表現一番了。

紀建明的心情很複雜，一路上話很少，他心裏一方面為林東能請到管蒼生而高興，另一方面則是隱隱擔憂金鼎可能會有一番內鬥，他還不知道林東會把管蒼生擺在什麼位置上，但他很清楚，一旦把管蒼生放在高位上，勢必遭到公司元老們的抵觸。一旦發生了內鬥，這對一家正在快速崛起的公司而言是相當可怕的事情，甚至可能是滅頂之災。

吃過了午飯，林東把方向盤交給了紀建明，自己坐到了副駕駛的座位上。

他想給穆倩紅打個電話，讓她安排一下管蒼生最近的食宿，卻發現手機不知什麼時候已經沒電了。出來的匆忙，根本就沒帶充電器，幸好紀建明多帶了一塊電板，他的手機還有電，就拿紀建明的手機給穆倩紅打了個電話。

「喂，老紀，你們回來了沒有？」電話接通後，穆倩紅問道。

林東道：「倩紅，是我，我們在回來的路上，天黑之前應該能趕到蘇城，你幫我辦件事，幫我為管先生和管老太太安排一下食宿。」

穆倩紅這才知道林東把管蒼生帶了回來，說道：「好的林總，我馬上安排。」

林東繼而又說道：「倩紅，通知一下資產運作部的同事，今晚大家一起為管先生接風洗塵。」

穆倩紅的想法和紀建明一樣，不過她認為老闆這樣做肯定有他自己的想法，也不多說什麼，「好的，我馬上通知。」掛了電話，穆倩紅心想今晚的酒宴估計氣氛不會太好。

她走進了資產運作部的辦公室，崔廣才見金鼎第一美人走了進來，連忙迎了上去，「倩紅，你可是稀客啊，今天怎麼到我們男人堆裏來了？」

穆倩紅笑道：「我是來給老闆傳話的。」

劉大頭湊了過來，「怎麼，林總回來了？」

穆倩紅點點頭，「你們部門有福了，今晚老闆請你們吃飯。」

崔廣才一皺眉，有種不祥的預感，「倩紅，那個人來了？」

穆倩紅知道崔廣才嘴裏的那個人指的是誰，點點頭。

崔廣才朝劉大頭看去，二人的臉色都不是很好看。

穆倩紅把話帶到，馬上就離開了資產運作部的辦公室，她還要去做另一件事，安排管蒼生和他母親的食宿。

她走後，資產運作部內一片死寂。崔廣才不停的抽煙，劉大頭因為答應楊敏戒煙，所以就來回的踱步。

「老崔，你是什麼意見？」

劉大頭一向沒有大主意，此刻心緒不寧，背抄著手在辦公室來回踱了一會兒之後，終於把目光投向了沉穩老練的崔廣才身上。

崔廣才掐滅了煙頭，看上去也頗為煩惱，說道：「大頭，我能有什麼意見，林總都把人帶回來了。」

劉大頭從崔廣才的話中聽出了這位兄弟對林東處理這件事的不滿與憤怒，歎了口氣，「奶奶的，都怪老紀那傢伙，如果不是他告訴林總管蒼生出來了，就不會有這事了。」

崔廣才道：「打鐵還需自身硬，老崔，咱們也別埋怨了。管蒼生他在裏面關了十幾年，外面發生了天翻地覆的變化，他早已被時代淘汰了，現在的世界已經不屬於他了。我倒要看看老傢伙還剩幾斤幾兩！老紀，只需咱們把事情做得比他好，林總是長眼睛的，他會看得到的。」

劉大頭道：「難道咱們還真要對他鼓掌歡迎？」

崔廣才冷哼一聲，「哼，我不給他製造麻煩就很對得起他了，還想看我的熱臉子？沒門！」

「那今晚上的飯局我們去不去？」劉大頭小聲問道。

崔廣才道：「當然要去，咱們所有人都去，這不是給管蒼生面子，而是給林總的面子，不能讓老闆難堪。」

劉大頭道：「那我去告訴兄弟們。」

「等等，」崔廣才叫住了他。「讓兄弟們晚上精神點。對管蒼生咱們要採取『三不』態度，不問、不聞、不理。」

劉大頭點點頭，出去把資產運作部的所有員工召集了起來，將老闆請吃飯的消息散佈了出去，員工們一聽說有飯局，個個都很興奮。劉大頭話鋒一轉，將管蒼生要進入資產運作部的消息公佈了出去，資產運作部沒有一個不知道管蒼生其人的，心想以此人昔日的江湖地位，一旦到公司來，肯定不會甘願做一個小嘍囉的。

其實管蒼生來不來，對底下的員工影響都不大。但他們平時與劉大頭和崔廣才的關係處得非常融洽，這二位在他們心裏不僅是領導，更是大哥一般，自然不願意一個外人奪了他們大哥的位置，心裏紛紛為劉大頭和崔廣才抱打不平。

請續看《財神門徒》之十　感情攻勢

財神門徒 之9 傳奇教父

作者：劉晉成
發行人：陳曉林
出版所：風雲時代出版股份有限公司
地址：105台北市民生東路五段178號7樓之3
風雲書網：http://www.eastbooks.com.tw
官方部落格：http://eastbooks.pixnet.net/blog
Facebook：http://www.facebook.com/h7560949
信箱：h7560949@ms15.hinet.net
郵撥帳號：12043291
服務專線：(02)27560949
傳真專線：(02)27653799
執行主編：劉宇青
美術編輯：許惠芳

法律顧問：永然法律事務所 李永然律師
北辰著作權事務所 蕭雄淋律師

版權授權：蔡雷平
初版日期：2015年9月
初版二刷：2015年9月20日
ISBN：978-986-352-172-3

總經銷：成信文化事業股份有限公司
地　址：新北市新店區中正路四維巷二弄2號4樓
電　話：(02)2219-2080

行政院新聞局局版台業字第3595號 營利事業統一編號22759935

定價：280元　特價：199元

國家圖書館出版品預行編目資料

財神門徒／劉晉成著. -- 初版-- 臺北市：風雲時代，
2015.04 -- 冊；公分

ISBN 978-986-352-172-3（第9冊；平裝）

857.7　　104003800